발상전환과 열린 생각의 달인들

슬기로운 꼰대생활

발상전환과 열린 생각의 달인들

슬기로운 꼰대생활

조이안 지음

도서출판 더로드 The Road Books

꼰대들이 슬기로워져야 한다

'꼰대'라는 단어가 크게 회자되는 시대이다. '꼰대'의 역사는
깊다. 1960년대부터 1980년대까지는 청소년들이 또래 집단 내
에서 '아버지'나 '교사' 등 남자 어른을 가리키는 은어로 사용했
다. 그 청소년들의 사회 진출과 대중 매체를 통해 이 단어가 확
산되었으며, 지금은 기성세대가 자신의 경험을 일반화하여 젊
은 사람들에게 어떤 생각이나 행동 방식 따위를 일방적으로 강
요하는 행위를 속되게 이르는 말로 확대되어 쓰이고 있다. 영
어권에도 비슷한 부머boomer란 말이 있다.

젊은이들은 대체로 나이 많은 사람들을 '꼰대'로 취급한다.

물론 '젊은 꼰대'라는 특수한 경우도 있지만, '꼰대' 하면 예나 지금이나 중장년 또는 노인들을 칭하는 것이 대부분이다.

'꼰대'격인 그들은 다음과 같은 성향을 가지고 젊은이들을 대한다.

첫째, 자신이 오랜 기간에 걸쳐 쌓아온 가치관이 항상 옳다는 믿음을 가지고 있다.

둘째, 호황이나 인맥 같은 자신에게 있었던 호재는 최대한 축소하고, 오로지 자신의 순수 노력만으로 성공했다고 믿는다. 또 그런 자부심을 바탕으로 자기 방식대로 한 충고가 다 옳다는 선택적 기억이나 확증 편향에 빠진다.

셋째, 지속적으로 변화하는 시대에 맞지 않는 논리와 사상, 가치관을 옹호한다.

넷째, 보상심리. 스스로 젊은 세대들의 미래를 위해 고생했다고 믿는다. 그런데도 그 공로를 알아주지 않는다며 분노한다.

　다섯째, 예전과 달리 이제는 스스로 할 수 있는 일보다 할 수 없는 일이 더 많다는 현실을 인정하지 않음으로써 주변 사람들을 힘들게 한다.

　결국, 꼰대가 되는 까닭 중 가장 큰 요인은 지나치게 자기중심적인 가치관에 있는 셈이다. 그러나 불행하게도 이러한 '꼰대질'로는 젊은이들의 각성은커녕, 오히려 반발심만 사서 관계에 악영향만 끼치게 된다. 청년들은 이런 '꼰대질'을 극히 혐오한다.

　필자도 나이로는 꼰대이다. 아직 내가 꼰대가 아니라고 우겨봐야 소용없다. 꼰대란 타이틀이 좋은 것도 아니지만, 섭섭해 할 일도 아니다. 유년, 청년, 장년의 과정을 거쳐 왔으니, 이제 꼰대가 되는 것은 당연하다. 제행무상諸行無常이다. 세상에 어디 변하지 않는 것이 있던가?

그렇다면 나이가 많으니 존중 받아 마땅한가? 미안하게도 지금은 나이로 존중 받는 시대가 아니다. 존중은 고귀한 인품과 함께 풍부한 경험과 지식을 베풀 때 인정된다. 농경사회에서는 나이 하나만으로도 대접받았다. 지금은 21세기 첨단산업의 시대이다. 나이로 젊은이들에게 영향을 주기에는 변화의 속도가 너무 빠르다. 나이 많은 세대가 쌓은 정보는 이미 이 시대와 크게 부합하지도 않는다.

아쉽지만, 더 이상 필자도 세상에 큰 영향력을 펼칠 수 없다. 나이가 많아지면, 사고도 변해야 한다. 생각과 언행은 그대로인 채, 요즘 젊은 것들, 어른 공경할 줄 모른다고 나무라서는 안 된다. 어른들에게 젊은이들은 늘 마뜩찮았다. 무려 기원전 193년에 제작된 로제타석 Rosetta Stone에도 '젊은이들이 버릇없 다.'는 문구가 새겨져 있다. 지금의 노인들이 젊었을 때 숱하게 들어왔던 말이다.

버릇없는 것들! 세상이 어쩌려고 이러나? 매시대마다 당장 에라도 무너져 내릴 것처럼 노인들이 호들갑 떨었지만, 세상은 그러구러 잘도 흘러오고 있다. 기성세대들의 걱정은 늘 기우 요, 과유불급이었다.

꼰대의 나이로 들어서는 순간, 존중 받지 못한다고 하여 화 를 내거나 떼쓰지 않아야 한다. 젊은 것들이 자리를 양보하지 않더라도, "너 몇 살이야?" 하고 대뜸 나이부터 물어보지 않아야 한다. 몇 살이면 어쩌려고.

그간 우리 꼰대들은 그들의 세상에서 숱하게 꽃을 피우고 열매를 맺어왔다. 그 노고는 충분히 인정받아 마땅하다. 그러나 인정해 달라고 젊은이들에게 떼를 써서는 안 된다. 물러설 때를 아는 이의 뒷모습은 언제나 아름다운 법, 우리의 앞선 세대들이 우리에게 세상을 물려주었듯, 이제 그만 '새파랗게 젊은 것'들에게 세상을 맡겨두어도 괜찮다.

피었으면 질 줄도 알아야 한다. 매화꽃이 져야 매실이 열린다. 신 매실이 변해야 달콤한 매실청도 되고 짭짤한 장아찌도 된다. 내 것이라는 생각을 벗는 일, 집착에서 벗어나는 일 꼰대들이 할 일이다.

세상에 해결해야 할 갈등이 얼마나 많은가? 정치적 갈등,

사회적 갈등, 종교적 갈등, 빈부 갈등, 젠더 갈등 등등. 여기에 얼토당토 않는 '꼰대짓'으로 세대갈등까지 심화시킬 것인가!

필자는 늘 최근 심화되고 있는 세대 갈등의 해결사는 젊은 세대가 아니라 나이 든 '꼰대'가 되어야 한다고 생각해왔다. 그리하여 이미 젊은 시절을 다 보낸 '꼰대세대'가 젊은 세대들에게 밉상이나 천덕꾸러기가 되지 않고, 그들에게 오히려 참신한 아이디어맨으로 보일 수 있다는 희망을 갖게 하기 위해 고민해왔으며, 문득 꼰대이고 싶지 않는 꼰대들과 꼰대라고 불리우고 싶지 않은 꼰대들에게 익살스럽고 유머러스하게 새로운 시각과 영감을 불어넣어 주는 메시지는 어떨까 생각해왔다.

그 결과 이 책 《슬기로운 꼰대생활》이 세상에 선을 보이게 되었다.

이 책은 세대 간에 보이지 않는 갈등과 격차를 줄이고자 쓴 것으로, 이미 젊은 시절을 다 보낸 '꼰대세대'가 젊은 세대들에게 오히려 참신한 아이디어맨으로 보일 수도 있다는 희망을 갖게 하려고 의도한 결과물이다.

그 참신한 '노인네'들을 우리는 슬기로운 꼰대, 줄여서 '슬콘'이라 부르기로 한다 슬꼰은 발음이 너무 강하여 슬콘으로 명명하였다.

저물어가는 세대인 슬콘의 가장 중요한 사명은 그들이 다음 세대들에게 비전과 노하우를 전할 의무가 있다는 점이다. 슬기로운 꼰대들은 이러한 임무를 철저히 명심하여 다음세대들에게 자신이 아는 것과 깨달은 점을 친절하게 전수해야 한다. 그리고 그 중심에는 '따뜻한 사회'가 있다. 슬콘들이 이 땅에 남아 있는 동안 이런 화두를 염두에 두고 살아간다면, 앞으로 우리 사회가 더불어 살아가는 사회에 좀 더 가까이에 있지 않을까 생각한다.

이 책은 짧은 단락들로 이루어져 있다. 지금처럼 바쁜 시대에 긴 글은 독자들에게 압박감을 주고 독서를 강제하는 의미가 될 수도 있다. 이런 취지에 부응하여 되도록 짧게, 하고 싶은 말의 요점만 간략하게 표현했다. 필자 나름대로는 이런 류의 글이 시대에 부응하는 글이라 생각한다.

AI시대에는 어떤 사상이나 사건의 핵심을 간결하게 정리되어 있어 AI보다 빠르고 쉬운 이해가 가능한 그런 새로운 장르의 글이 나타나야 한다. 이 책에 나오는 글들은 수식어를 대폭 줄이고, 사상의 뼈대와 말하려는 핵심적인 알맹이를 정리해 놓은 것이다. 부디 필자의 의도가 담긴 이 책이 앞으로 AI시대에 새로운 장르의 글을 선도하게 되리라는 기대를 해 본다.

지금까지 나를 지지해 준 가족들과 어머니께 감사드린다. 또한 항상 한국의 마지막 버팀목이 되었던 훌륭한 정신을 가진 익명의 수많은 한국인들에게 경의를 표한다.

2024. 2. 14.

조이안

차 례

프롤로그 _ 4

제1장   인생

1. 자신의 어록을 가져라 _ 26 · 2. 나쁜 일이 좋은 일이 된다 _ 26 · 3. 하루 늙으면 숙제가 하루 줄어드는 것이다 _ 27 · 4. 감내할 수 있는 정도의 혼란스러움은 받아들여라 _ 28 · 5. 자기만의 인생 장르를 창조하라 _ 28 · 6. 고뇌는 당신 몸의 일부다 _ 29 · 7. 대부분의 사람은 난파선 수준에 있다 _ 30 · 8. 깡으로 살아라 _ 30 · 9. 오래된 습관을 고치려고 용쓰지 말라 _ 31 · 10. 자기관리가 관건이다 _ 32 · 11. 새로운 루트를 개척하라 _ 32 · 12. 인생의 기술은 이동移動의 기술이다 _ 33 · 13. 새옹지마가 인생의 관전 포인트다 _ 35 · 14. 서로 바라보고 있지만 각자 다른 시간 속을 가고 있다 _ 35 · 15. 단 한 번도 다시 살 수 없는 인생 _ 36 · 16. 불운 그 자체가 인생이다 _ 37 · 17. 많은 좋은 말보다 적용이다 _ 39 · 18. 회복탄력성 _ 40 · 19. 혼돈과 함께 춤을 _ 40 · 20. 인생은 엎치락뒤치락의 연속 _ 41 · 21. 아

무도 기억해 주지 않는다 _ 42 • 22. 오랜 습관은 죽어서도 못 고치는 병 _ 43 • 23. 스위스 치즈 모델 _ 43 • 24. 인생은 궁리하는 것이다 _ 44 • 25. 뒷감당 생각하는 게 중용 _ 45 • 26. 잘되는 게 조금만 있어도 대박인생이다 _ 46 • 27. 희망 제조 _ 47 • 28. 분노에 관하여 _ 48 • 29. 자신을 기록하는 역사가 _ 49 • 30. 문장으로 위로하기 _ 50 • 31. 자존심은 리더의 적 _ 50 • 32. 세상은 요지경 _ 52 • 33. 불평등을 받아들여라 _ 53 • 34. 세상은 회색지대일 뿐 _ 54 • 35. 인생열차 _ 55 • 36. 삶을 경멸하라 _ 56 • 37. 중용과 완급조절 _ 58 • 38. 언젠가 여기 내가 없는 날이 온다 _ 59 • 39. 떠도는 이야기 믿지 말기 _ 60 • 40. 삶은 공연시간 끝날 때까지의 코미디 _ 61 • 41. 비장미와 고독함 _ 62 • 42. 용량 한계의 법칙 _ 63 • 43. 쿨한 인생을 살자 _ 64 • 44. 인생은 재미있는 것이다 _ 67 • 45. 죽음은 신의 최고의 작품 _ 68 • 46. 내 맘대로 안 되는 인생이 정상이다 _ 69 • 47. 인생은 어떻게 될지 아무도 모른다 _ 71 • 48. 자신의 길을 추구하라 _ 72 • 49. 역사는 기상천외한 프로젝트 _ 73 •

50. 불편한 진실의 실제 모습 _ 74 · 51. 세상의 경계를 넘나들지 말라 _ 75 · 52. 습관적 관성 주의 _ 76 · 53. 열정도 관리대상 _ 77 · 54. 인생 요약 참고서를 부탁해 _ 78 · 55. 인생은 모험투성이 _ 79 · 56. 세월은 최고의 명약 _ 80 · 57. 버나드 쇼 _ 81 · 58. 빠른 회복이 인생 수완 _ 81 · 59. 보통 사람들만의 특권 _ 82 · 60. 우리가 신을 용서하자 _ 84 · 61. 멋진 모습이 멋진 인생 _ 85 · 62. 호모 아고니엔스 _ 87 · 63. 세상이 너에게 무얼 해주길 바라지 말라 _ 88 · 64. 산만과 집중 _ 89 · 65. 인생은 선택의 연속 _ 90 · 66. 효율적인 인생 _ 91 · 67. 인생은 나에게 술 한잔 사주지 않았다 _ 92 · 68. 장례식장 탐방 _ 93 · 69. 쿨 계명 _ 94 · 70. 좋은 일은 많지 않다 _ 96 · 71. 신념에 관하여 _ 97 · 72. 끝은 꼭 온다 _ 98 · 73. 영웅이 될 확률 _ 99 · 74. 인생 반전의 묘미 _ 100 · 75. 보통 사람이 되는 것도 쉽지 않다 _ 101 · 76. 가지 않은 길 _ 102 · 77. 겸허한 인생 _ 104 · 78. 꿈과의 타협 _ 105 · 79. 조용한 인생 포기하기 _ 106 · 80. 인생과 회전초밥 _ 106 · 81. 한 개의 깨달음, 한 걸음의

전진 _ 108 · 82. 삶과 죽음의 통합-무無에 대한 단상 _ 108 ·
83. 내 탓 아니고 환경 탓 _ 110 · 84. 인생은 장난감 병정게임 _
111 · 85. 고뇌-살아있다는 증거 _ 112

제2장　슬콘(슬기로운 꼰대)/건강

1. 슬콘은 쿨한 인간이다 _ 116 · 2. 삶을 단순화하라 _ 117 · 3.
슬콘은 기발한 아이디어 창조자이다 _ 118 · 4. 슬콘은 '네오꼰
대'다 _ 119 · 5. 슬기로운 꼰대슬콘는 기부에 열정적이다 _ 120
· 6. 책에 없는 인생장르가 있다 _ 120 · 7. 슬콘은 지구력의 화
신이다 _ 121 · 8. 인생 상처의 미학 _ 122 · 9. 상상하는 사람
이 젊게 사는 사람이다 _ 123 · 10. 꼰대는 양보를 좋아하지 않
는다 _ 124 · 11. 이판사판으로 살아라 _ 125 · 12. 이승에서 작
은 업적이라도 남기고 떠나라 _ 126 · 13. 정기적으로 고독감을
즐겨라 _ 127 · 14. 슬콘은 울지 않는다 _ 128 · 15. 느리게 가

야 노년의 사고를 줄인다 _ 129 · 16. 노인을 위한 나라는 없다 _ 129 · 17. 노인 특유의 장르를 개발하라 _ 130 · 18. 노년을 청춘으로 만드는 연금술 _ 131 · 19. 한계를 깨달으면 완성되는 것 _ 132 · 20. 많은 친구를 사귀는 것은 무리하고 있는 것이다 _ 133 · 21. 새로운 발상이 슬콘의 근육이다 _ 135 · 22. 3 'ㅈ'-주접, 진상, 주책 _ 136 · 23. 슬콘은 세대를 이어주는 조언 전달자다 _ 136 · 24. 멋진 노년에 주눅 들지 말기 _ 138 · 25. 꼰대와 슬콘 _ 139 · 26. 용기와 담력 _ 140 · 27. 현인을 수소문하다 _ 141 · 28. 슬콘이 산타크로스다 _ 143 · 29. 의미 없는 습관이 많으면 저절로 꼰대가 된다 _ 144 · 30. 식어서 좋은 게 노년이다 _ 145 · 31. 꼰대와 슬콘의 차이 _ 146 · 32. 자기방어에 관하여 _ 148 · 33. 모든 꼰대들에게 건배를 _ 149 · 34. 주는 것이 세상을 정화시킨다 _ 149 · 35. 젊은 꼰대 _ 150 · 36. 사람 많이 사귀려는 것도 욕심 _ 152 · 37. 모험하는 노인 _ 153 · 38. 세대 간의 상속에 대하여 _ 154 · 39. 슬콘은 자기 길을 간다 _ 155 · 40. 배짱으로 사는 것 _ 156 · 41. 슬콘은 우리 사회의 숨은 스승

들이다 _ 157 · 42. 슬콘은 백년대계를 이끌 주인공 _ 158 · 43. 자식사랑 지극하면 애국인가 _ 159 · 44. 인생의 마지막 여정도 도전으로 _ 161 · 45. 자기를 위해서만 살았다면 레알 꼰대 _ 162 · 46. 무엇을 물려줄 것인가 _ 163 · 47. 쿨한 사람을 수소문함 _ 164 · 48. 시간이 얼마 안 남은 자의 의무 _ 165 · 49. 품격있는 꼰대생활 _ 166 · 50. 인체란 복잡하게 설명되는 단순한 기계다 _ 167 · 51. 멋진 노인이 되려고 갑자기 무리하지 말라 _ 168 · 52. 실제적이면서 간결한 건강 전략을 짜라 _ 169 · 53. 인체 중고차론 _ 170 · 54. 잠깐의 평화가 인생의 본질이다 _ 172 · 55. 기계가 스승이다 _ 173 · 56. 필사적으로 살아라 _ 174 · 57. 음식과의 전쟁 _ 175 · 58. 두려워하면 건강해진다 _ 176 · 59. 몸을 쉬어줘야 한다 _ 178 · 60. 몸은 기계일 뿐 _ 179 · 61. 병 없기를 바라지 말자 _ 180 · 62. 장수리스크 _ 181 · 63. 노화되어도 실망하지 않기 _ 182 · 64. 병 많은 장수노인이 롤모델 _ 183 · 65. 노인과 '빨리빨리'는 반대 _ 184 · 66. 무소식이 비悲소식 _ 185 · 67. 노인의 혼선 _ 186 · 68. 건강은 기계관리 _

187 · 69. 두려움이 건강 에너지 _ 188 · 70. 노쇠와 축적 _ 188
· 71. 닥치고 파이팅 _ 189

제3장 교육과 신뢰

1. 에디슨류의 거짓 명언을 믿지 말라 _ 192 · 2. 사회가 나를 존
중해준다는 느낌이 있는 게 선진사회다 _ 193 · 3. 혁명가보다 보
통 사람이 더 나은 이유 _ 195 · 4. 가정교육은 양보와 약속정신
으로부터 _ 196 · 5. 위인사상의 오류 _ 197 · 6. 책을 먼저 사
놓고 그다음에 읽어라 _ 198 · 7. 욕망에 관하여 _ 199 · 8. 시
험공부가 교육은 아니다 _ 200 · 9. 노는 시간에 공부하는 건 반
칙이다 _ 203 · 10. 개성과 군중심리 _ 204 · 11. 미친 '연'-학
연, 지연, 혈연 _ 205 · 12. 소음 불감증 _ 206 · 13. 다음 세대
에게 무엇을 넘겨줄 것인가 _ 208 · 14. 진리는 언제나 유동적 _
209 · 15. 천재성을 찾아주는 교육 _ 210 · 16. 독서 실패기 _

211 · 17. 욕쟁이 사회 _ 212 · 18. 콘텐츠와 신뢰문화 _ 214 ·
19. 만주족은 야만족이었을까 _ 215 · 20. 따뜻한 사회 좀 만들
면 안 될까 _ 216 · 21. 경쟁밖에 난 몰라 _ 218 · 22. 한 나라의
발전은 오케스트라 같은 것 _ 219 · 23. 아빠찬스 _ 221 · 24.
일등하는 게 애국이 아니다 _ 222 · 25. 따뜻한 사회를 요청함 _
223 · 26. 서로 돕기 _ 224 · 27. 요즘 많이 쓰고 있는 '들어가
실게요.'라는 말의 분석 _ 225 · 28. 노블레스 배부르주 _ 227 ·
29. 금쪽같은 내 새끼 _ 229 · 30. 아는 형님 _ 230 · 31. 효에
관하여 _ 232 · 32. 외로움을 화합의 연결고리로 _ 233 · 33.
교육자보다 학부모 _ 234 · 34. 거리의 온도 _ 235 · 35. '무시
당했다'의 사회학 _ 236

제4장 행복

1. 상상하면 행복해진다 _ 240 · 2. 즐거운 제갈량이 되라 _ 241

· 3. 애매한 친구보다 확실한 단골가게가 낫다 _ 241 · 4. 작은 행복 방랑자 _ 242 · 5. 친구만이 답은 아니다 _ 243 · 6. 사는 것은 어렵지만 일상은 희망이다 _ 244 · 7. 자신을 나무라지 말라 _ 245 · 8. 생각의 조각들을 기록하라 _ 246 · 9. 순간 티끌 모아 행복 태산 _ 247 · 10. 귀·여·운·미·소·녀 _ 248 · 11. 행복은 보물찾기 _ 249 · 12. 다양한 취미에 관하여 _ 250 · 13. 이거 대박인데 _ 251 · 14. 입이 문제다 _ 252 · 15. 행복은 감정 조절로부터 _ 252 · 16. 일상의 많은 조각들을 모으다 _ 253 · 17. '조금만 더 인생' 사절 _ 254 · 18. 나는 오해를 내 탓으로 돌리기로 했다 _ 255 · 19. 이해와 포용 _ 256 · 20. 이미 늦은 것은 늦는 운명 _ 257 · 21. 과거의 일기 다시 읽기 _ 258 · 22. 혼자 생활 완성하기 _ 259 · 23. 좋은 낱말 되뇌기 _ 260 · 24. 호모 미스테이쿠스 _ 261 · 25. 재수 없는 일 때문에 더 좋은 일이 생긴다 _ 262 · 26. 삶에 매몰되지 말라 _ 263 · 27. 나쁜 꿈과 생활 사이에는 아무 관계가 없다 _ 264 · 28. 다 하기 나름 _ 265 · 29. 술에 관하여 _ 266 · 30. 걱정 끄고 살기 _ 267 ·

31. 마음 비우기의 달인 _ 268 · 32. 비싸지 않게도 살 수 있는 행복 _ 268 · 33. 종이를 농락하다 _ 269 · 34. 위인들보다 실속 있는 삶 _ 270 · 35. 작은 것에서 큰 것을 깨닫다 _ 272 · 36. 꼰대는 경쟁을 좋아해 _ 273 · 37. 없어도 되는 것들은 빨리 버리자 _ 274 · 38. 덕담이 치유다 _ 275 · 39. 긍정이 신앙이다 _ 276 · 40. 정약용의 메모철학 _ 277 · 41. 행복전문가 _ 279 · 42. 정리하고 계획하라 _ 280 · 43. 물건이 행복이다 _ 281 · 44. 우정 정밀분석가를 구함 _ 282 · 45. 슬픔을 문장으로 _ 283 · 46. 과거 망각 훈련 _ 284 · 47. 마음을 가라앉히는 문장들 _ 285 · 48. 늙은 인생 _ 286 · 49. 유체탈출법 _ 287 · 50. 일상을 파티로 _ 288 · 51. IT 소외계층 _ 289 · 52. 지뢰 밟고 죽지 않았으면 대성공 _ 290 · 53. 단 한 번 살고 소멸된다 _ 291 · 54. 빈 노트에 무엇을 그려야 하나 _ 293 · 55. 인생공간 인테리어 _ 294 · 56. 삶의 달콤한 작은 열매 따먹기 _ 295 · 57. 다시 살아도 별다를 게 없다면 _ 296 · 58. 인생은 시간확보의 기술 _ 298

제1장

인생

1

자신의 어록을 가져라

각자 자신의 어록을 가져라. 그리고 세상에 대해 내뱉고 싶은 말을 기록하라. 당신의 금고에 돈을 넣어두듯이 차곡차곡 당신의 언어를 쌓아 넣으라. 그것이 각자의 개인사상을 정립시키는 중요한 작업이다.

2

나쁜 일이 좋은 일이 된다

끊임없이 발생하는 나쁜 일 속에서, 나쁜 일 때문에 생길 수 있는 작은 좋은 일들을 찾아내어 미래의 밑거름이 되게 만들자. 좋은 일은 본디 많이 생기지 않는 법이며, 좋은 일에 대해서는 누구나 잘 대처할 수 있다. 때로는 좋은 일보다 나쁜 일이 더욱 큰 좋은 일의 바탕이 되는 경우가 있다. 고로 나쁜 일을 원망하지 말 것이며 간과하지도 말라.

하루 늙으면 숙제가 하루 줄어드는 것이다

하루가 또 지나가고 살아가야 할 날들이 갈수록 적어진다는 것은 얼마나 즐겁고 홀가분한 일인가. 하루가 지나감으로써 시간이 허비되었다거나 젊음이 그만큼 사라졌다고 생각지 말라. 고통스러운 나날들을 헤쳐 나가야 하는 힘겨운 사람들에게는 어제 하루가 지난 것이 얼마나 큰 위안이 될 것인가.

오늘 내가 어제보다 하루 더 수명이 짧아졌다는 건 무척 기쁜 일이다. 그만큼 숙제할 날들이 적어졌기 때문이다. 그렇게도 더디 가는 인생의 시간을 또 24시간이나 밀어냈다는 것이 얼마나 스스로 대견한가. 하루하루 지나가는 시간과 세월을 이렇게 기쁜 마음으로 즐겁게 대하는 것이 인생의 일상을 사는 요령이요 핵심이다.

4

감내할 수 있는 정도의
혼란스러움은 받아들여라

　인생이란 카오스의 세계에서 벌어지는 혼란을 받아들인다는 뜻은 혼란 그 자체를 받아들인다는 것이 아니다. 중요한 몇 가지만 해결되면 나머지 모두가 해결되지 않는다고 하더라도, 그런 정도의 혼란은 참고 견디고 받아들인다는 뜻이다. 혼란을 모두 받아들이면 멘탈이 흔들려서 살 수가 없다. 모든 혼란은 받아들이기 어렵지만, 어느 정도 자신이 감내할 수 있는 정도로 정리하는 것, 그것이 혼란을 받아들이는 비법이다.

5

자기만의 인생 장르를 창조하라

　노화되어 가는 육체와 정신에 맞게 노인시스템을 만들어 가야 한다. 각자의 체질이 다르듯이, 각자의 체질에 맞는 시스템도 따로 있음을 먼저 깨달아야 한다. 다른 사람의 견해는 참조는 할 수 있지만 자신에게 그대로 적용할 수는 없다. 다른 사람들의 경험과 나의 경험을 결합하여 독특한 시스템을 창조해야 한다. 다른 사람들의 경험이 아니라, 자기만의 특유의 시스템을 따로 개발하고 있어야 한다. 그 시스템이야말로 개성적이고 창조적인 장르이다. 노년에 수동적으로 노화되어 가는 것이 아니라, 역동적으로 움직이고 변화해 가는 새롭고 슬기로운 시스템이 작동하는 장르를 창조하는 것이다. 고집스러운 '수구꼴통'이 아니라 유연하고 천변만화하는 슬기로운 노인이 되는 것이다.

6

고뇌는 당신 몸의 일부다

고뇌를 이기려고 달려들면 안 된다. 달려들면 고뇌에 치인다. 고뇌 중에서 인정할 것. 즉 자연의 섭리 같은 부분은 인정해 주고, 달래면서 잘 데리고 살아가야 한다. 고뇌는 잘 구슬려서 함께 사는 것이지, 우리 몸에서 떼어 버리려고 하는 것은

현실적인 방법이 아니다. 고뇌 또한 우리 인생에서 떼어 버릴
수 없는 한 부분이기 때문이다.

대부분의 사람은 난파선 수준에 있다

끌고 가야 하는 '주위 조건'이라는 배는 지금 막 만들어진
성능 좋은 배가 아니라, 거의 난파선 수준이라는 데에 문제가
있다. 관건은, 많은 사람들의 살아가는 중 곤혹스럽게 하는 것
으로서 그들이 이 난파선을 어느 정도로 수선하고, 어느 정도
의 희망 속도를 내면서 어떤 목표까지 이르게 할 것인가이다.

깡으로 살아라

고통과 사건이 끊임없이 이어지는 게 인생이다. 이 모든 괴

로움은 죽어야 끝이 난다. 죽기 전까지는 고통에 체념해야 새로운 용기의 경지가 나타난다. 용기로 사는 거다. 노후란 사실 두려운 시간이다. 용기가 없으면 두려워하며 살게 된다. 겁 없이 살아야 힘이 나오고, 내일이 없는 사람처럼 살아야 답이 나온다. 노후란 힘은 좀 빠지더라도 '깡'은 살아 있는 시간이 되어야 한다. '무대뽀 깡'이 아닌 슬기롭고 용기가 살아 있는 에너지로서 '깡' 말이다.

오래된 습관을 고치려고 용쓰지 말라

만약 죽음을 앞두고 삶을 아쉬워하는 사람에게 일 년의 시간을 다시 주고 살라고 하면 그는 어떤 변화를 꾀하면서 살아갈까? 아마도 대부분 이전과 똑같이 살다가 죽는 경우가 많을 것이다. 그만큼 삶이라는 오랜 시간 동안 쌓인 습관이기에 무서운 것이다. 살아있을 때 자신이 습관을 뛰어넘어 전과 다른 새로운 삶을 사는 사람은 많지 않다. 슬콘^{슬기로운 꼰대}은 죽은 후에 다시 사는 일은 없다는 사실을 빨리 깨닫는 자이다.

10

자기관리가 관건이다

인생 모든 것이 관리다. 효도도 관리고, 위험도 관리다. 욕망도 관리며, 탐욕도 관리다. 관리가 아닌 것이 없다. 인생에서 성공하기까지 과정도 관리이지만, 몰락하지 않으려면 자기관리가 계속 필요하다. 사람도 관리를 잘해야 성공한다. 가정, 물건, 돈도 모두 관리 대상이다. 정치도, 나라도 관리가 관건이다. 인생과 세상 모두가 관리를 떠나서는 생각할 수 없다.

11

새로운 루트를 개척하라

인생이란 새로운 루트를 끊임없이 개척하는 것이다. 위험한 루트를 개척할 것인지, 좀 더 극복할 수 있는 위험한 루트를 개척할 것일지는 개인의 취향과 열정, 욕망에 따라 선택이 달라진다. 대부분의 사람들은 새로운 루트보다는 이미 개척된 안전한 루트를 선택한다. 이럴 때 우리는 이것을 개척이라고 부르지는 않는다. 도전에 열광하는 사람들이 남이 밟지 않는 선택을 하는 위험한 길을 개척이라 한다.

12

인생의 기술은 이동移動의 기술이다

삶의 수완이란 자기 몸과 자기가 가져가고 싶은 물건을 어느 지점으로 운반하는 기술이다. 이 기술이 인생의 수완이다. 여행이 몸을 어떤 지점으로 옮기는 행위라면, 여행을 갈 때 얼마만큼의 물건을 가져가느냐가 물건을 운반하는 기술이다. 기발한 방법을 생각해 낼수록 인생의 수완과 사는 솜씨는 높아지게 된다.

어느 지역에서 다른 어떤 지역으로 옮길 수도 있고, 어느 상황에서 다른 어떤 상황으로 자기를 옮기는 작업일 수도 있다. 그리하여 삶이란 어느 시점 자신의 공간적 상황적 위치가 달라짐으로써 새로이 얻게 되는 어떤 무엇을 향해 움직인다고 본다. 어떨 때는 전략적으로 움직이기도 하고, 어떨 때는 소위 '가슴이 시키는 대로' 자신의 본성에 의해 움직이기도 한다.

동물들이 먹이나 번식을 위해 대이동을 하는 경우를 볼 수 있는데, 인간 또한 동물과 크게 다르지 않다. 산다는 것은 어쩌면 이동을 의미하는지도 모른다.

세상에서 회자되는 '녹슬지 않게 계속 움직여라.'라는 주문은 마치 '무엇인가를 찾아서 계속 이동하라.'라는 명령으로 들린다. 이동은 한 곳에서 다른 어느 지점으로 움직이는 단순한 이전으로 보인다. 하지만, 사실 굉장한 모험이 될 수도 있고 만만치 않을 수도 있다. 그래서 어떤 사람은 이동을 두려워하여 가만히 한곳에 머물러 있게 되거나, 또 어떤 사람은 과감하게 이동하여 자신을 원하는 위치에 두려고 한다. 인생을 '감행하는 어떤 것'으로 파악하는 사람들에게는 매우 흥미로운 것이지만, 그렇지 않은 사람들에게는 좀 불안정한 선택으로 보이는 게 바로 이동이다.

13

새옹지마가 인생의 관전 포인트다

인생은 새옹지마의 연속이다.

새옹지마의 원리는 간단하다. 좋은 일이 곧 좋은 일만이 아니며, 나쁜 일이 꼭 나쁘게 끝나지 않는다는 우리 인생의 원리이다. 우리에게 나쁜 일이 닥쳤을 때 '이 일 때문에 어떤 또 좋은 일이 생기려 하는 것일까?'라고 생각한다면, 실망만을 할게 아니라 엉뚱하게 좋은 일도 만나게 될 수 있다는 역발상으로 없던 기대와 희망을 품고 어려움을 헤쳐 나가는 데도 도움이 된다.

14

서로 바라보고 있지만
각자 다른 시간 속을 가고 있다

여러 다른 세대들이 공동으로 빌려서 사용하고 있는 것이

이 시간, 이 지구, 이 공간의 의미이다. 따라서 같이 살고 있지만 서로 다른 시간을 걸어가고 있으며, 서로 다른 시간을 살아가지만 서로 같은 공간과 같은 시간 속에 있는 것이다. 이게 삶의 모습이다. 각자 자기의 시간만큼 자기의 공간에서 머무르다가 사라져 가는 것이 인생이다.

언제, 어떻게, 얼마나 많은 사람들이 여기에 머물다 가는지는 잘 모른다. 그렇지만 많은 사람들이 태어나서 다시 이 공간과 시간으로 들어오고, 또 많은 사람들이 이 공간과 시간을 떠나서 사라지는 것이 지금 보고 있고 흐르고 있는 공간과 시간의 모습이다. 사라지는 사람들은 다시 오지 않지만, 새로운 사람들로 계속 채워진다. 산천과 자연은 사라지지 않으며, 사람들만 사라져 간다. 그저 흐름만이 존재할 뿐이다.

15

단 한 번도 다시 살 수 없는 인생

인생은 한 번뿐이다. 한 번뿐이라는 사실을 잘 알고 있지만, 다들 여러 번 태어날 수 있을 것처럼 산다. 마치 지금 욕심을 부려 부를 축적해 놓으면 다음 생에 돌아와 다시 찾아서 쓸 수 있을 것처럼 산다. 인생은 오직 단 한 번이다. 그냥 한 번으로 끝나는 게임이다. 이겨도 한 번, 져도 한 번, 성공해도 한 번, 실패해도 한 번, 잘 나가다가 몰락해도 한 번, 못 나가다가 성공해도 모두 한 번이다.

'한 번뿐!'에 대한 비장한 생각을 가질 때만 인생을 제대로 살 수 있다. 이승은 오직 한 번뿐이다. 그리고 더 이상 아무것도 없다. 더 이상 물러설 곳도 없는 것이 인생의 현장이다. 단 한 번의 선택과 여정을 진지하게 생각하고 소신과 행동을 가다듬어야 한다. 비장하게! 더구나 살아가야 할 날이 얼마 남지 않은 슬콘들은 더욱 비장한 결의를 다져야 한다. 한 번뿐인 시간에 무엇을 쏟아부어야 하는지 끊임없이 묵상해야 한다.

16

불운 그 자체가 인생이다

산다는 것은 받아들이는 것이다. 자신의 기량과 운명의 한계를 받아들이는 것이다. 지나간 시대에 얼마나 많은 사람들이 자신의 역량에 반해 운명의 가혹함을 만나 스러져 갔는가를 생각해 보라. 이것이 인생이고 역사다. 그 불운 그 자체가 인생이다. 이 불운의 격랑 속에 내쳐진 상태가 바로 인생의 적나라함이요, 거센 자연의 섭리이다. 이 상황에 승복하는 것이 인생이라는 길에 내쳐진 인간들의 자세이다.

'인생의 본질은 불평등'이 진리다. 불평등한 악조건을 받아들이는 것, 그것이 제대로 인생을 살아가는 것임이 나약한 존재의 고백이요 자세이다. 물론 이것에 감사하는 정도로까지 승화하면 그건 신앙의 경지에 들어가는 것이지만. 어쨌든 우리 평범한 인간들은 불평등에 익숙하고, 불평등구조에 동화되고, 불평등을 진리로 생각하며 살아야 한다. 우리는 역사상 극히 평범한 사람들이 엄청난 풍운을 만나 영웅이 되는 사례를 많이 보지 않았는가. 평범한 사람들이여! 이렇게 자신을 위로하라. '우리도 영웅이 될 수 있었으나, 다만 불행히도 때를 만나지 못했을 뿐이라고.'

많은 좋은 말보다 적용이다

세상에 좋은 말들은 널려 있다. 중요한 것은 그 말을 어떻게 실생활과 실제 상황에 적용시키느냐에 있다. 좋은 말의 문제점은 서로 상반된 '좋은 말'들이 많다는 점이다. 가령 '쇠뿔도 단김에 빼라.'는 말이 있는가 하면, 상반되게 '돌다리도 두드려 보고 건너라.'는 말도 있다.

학생들에게 여러 좋은 격언이나 속담을 많이 들려주려고 하지 말자. 좋은 말들도 종류가 많은 만큼 함부로 받아들이는 것보다 어떤 상황에 어떤 말을 적용시킬까를 고민해야 한다. 좋은 말들을 어떻게 적용시켜야 하는가에 대한 물음에 대해서는 인생경험이 풍부한 슬콘이 대답해 주어야 한다. 그것이 꼰대의 의무이고 능력이다.

회복탄력성

'회복탄력성'. 인생 조언의 종결자와 같은 말이다. 첫출발하려는 모든 청춘에게 이 이상 무슨 조언이 있겠는가? 고난과 역경이 닥쳤을 때 그것을 이겨내고 일어서는 힘! 파란만장한 인생역정을 견뎌내는 능력! 역경을 이겨내고 회복하는 것, 살기 위해 부단히 몸부림치다 보면 회복탄력성이 생긴다.

혼돈과 함께 춤을

혼돈을 즐겨라. 희로애락으로 범벅되고 혼란스러움이 겹치는 속에서도 리듬을 타고 춤춰야 한다. 혼란스러운 상태를 그러려니 하고 받아들여야 한다. 자연을 받아들이듯이, 불구경하듯이 혼돈과 혼란에 휩싸인 풍경을 바라봐야 한다. 삶이란 변화무쌍한 것. 도대체 내 맘대로 되지 않는 것. 내가 평화롭게 살려 해도 주위 상황이 결코 나를 평화롭게 하지 않는 것, 그것이 삶이다.

이런 카오스의 상황을 개인이 변화시킬 수는 없다. 그 혼돈 속에서 파도타기 하면서 즐길 수밖에 없다. 물론 위험은 감수해야 한다. 그렇지만 혼돈을 피한다고 평화가 찾아오는 것은 아니다. 오히려 혼돈 속으로 직접 들어가 춤을 추며 즐기는 것이 어지러움에는 최고의 상책이다. 춤을 추다 보면 마음에 평화가 오게 된다. 왜냐하면 상황에 대해 미련을 갖지 않고 포기하기 때문이다. 삶은 언제나 평화롭지 않다. 자연이 평화롭게 보이다가도 갑자기 폭풍우에 휩싸이는 것처럼.

20

인생은 엎치락뒤치락의 연속

차가 밀려 옆 차선으로 바꾸었더니 오히려 도로가 더 막히는 것이 인생과 같다. 원래 차선으로 옮겨보려 하지만 앞차 때문에 쉽지 않다. 답답한 마음에 화가 치밀어 오르는데 갑자기 그 차가 차선을 또 바꾸는 게 아닌가. 그래서 내가 다시 원래 그 자리로 되돌갈 수 있게 되는 것, 그것이 인생이다.

아무도 기억해 주지 않는다

아무도 기억해 주지 않는 게 인생이다. 그것이 또 인생의 장점이기도 하다. 아무도 기억해 주지 않는 게 섭섭한 사람이 있는가 하면, 아무도 기억해 주지 않으니 부담이 없는 사람도 있다. 어쨌든 위인처럼 살려고 하지 말고, 그저 아프지 않고 즐겁게 남에게 큰 폐 안 끼치고 살면 그만이다. 그게 최고다. 하지만 어떤 사람은 기억해주지 않는다는 점을 악용하여 안하무인격으로 남에게 피해를 주면서 나쁜 짓이나 하고 살다 가기도 한다.

22

오랜 습관은 죽어서도 못 고치는 병

우리가 죽어서 관에 들어갈 때 만약 생각이 남아 있다고 하더라도 어쩌면 생전에 생각하던 것과 별반 다를 건 없을 듯하다. 체질에 녹아 있는 오랜 습관은 고칠 수가 없다.

23

스위스 치즈 모델

인생의 상황과 인간의 대책이란 늘 스위스 치즈와 같은 것이다. 스위스 치즈 모델The Swiss Cheese Model은 영국의 심리학자 제임스 리즌James Reason에 의해 공식 제안된 모델로, 스위스 치즈의 구멍처럼 늘 잠재적 결함이 도사리고 있다가 이 결함들이 동시에 나타날 때 대형사고가 발생하게 된다고 이론이다.

이상적 상황은 구멍이 하나도 없는 것이지만, 실제 상황에서는 결함이 없는 완벽한 상황은 있을 수 없다. 그러므로 슬콘

들은 자신을 스스로 사전에 탐색해서 결함을 최소화하기 위한
시스템을 갖추도록 노력해야 한다.

인생은 궁리하는 것이다

살면서 '똥 밟는 일'이 어디 한두 번이던가. 이젠 나쁜 일을
당해도 스트레스받지 말고 살자. 일상과 상황이란 대개는 재수
없고 안 좋은 것. 일상의 많은 함정과 실패 사이사이를 헤집고
어떻게 요리조리 피하는 방법을 궁리해 낼 것인가 하는 것이
인생의 묘미다. 인생은 묘책이고 묘책이 묘미다. 그저 자기 맘
대로 안 되는 재수 없는 일이 반복되는 상황 속에서도 어떻게
든 방법을 찾으려고 하고, 그 와중에서도 어떻게든 재미를 찾
아보려고 하는 그런 가련하면서도 씩씩한 긍정 속에서 묘책이
태어난다. 묘책이 언제나 힘을 발휘하는 것은 아니지만, 묘책
속에 숨어있는 강렬한 긍정성이 더욱 괜찮은 삶을 만들어 주
는 데에 진짜 묘미가 있다.

묘책의 반대는 절망과 포기다. 절망과 포기의 동의어는 '일

찍 죽음'이다. 삶이란 시간이 계속 굴러가는 속에서 자전거 바퀴를 계속 굴리는 것과 같은 것이다. 죽음은 금지다. 따라서 절망과 포기도 금지다. 계속해서 뭔가 해결책을 찾는 것, 그것이 인생의 시간이고, 인생 속의 '나'의 모습이다. 그리고 그런 '나'가 자랑스럽고 바람직한 자화상이다.

25

뒷감당 생각하는 게 중용

매사에 호기부리는 태도와 싸워야 한다. 잘난 척하는 것, 술, 담배, 소비, 기타 과잉오버하는 것들과의 싸워야 한다. 과음, 과식, 과소비, 과잉약속 등등과 끊임없이 싸워야 하는 게 인생이다. 호기부리고 싶은 충동을 누르고 침착하게 뒷일을 생각해야 하는 게 인생이고 생활이다. 이 얼마나 어려운가. 매사가 다 어렵다. 매사가 다 중용의 실천이니, 인생이란 보통사람으로 살아도 중용을 실천하는 도사의 심정으로 살아야 본전치기인 어려운 싸움이다.

잘되는 게 조금만 있어도 대박인생이다

　인생은 내 맘대로 되는 것이 아니다. 살면서 조금이라도 내 맘대로 된 것이 있으면 대박이다. 내 맘대로 된 그 시간이 대박이고, 내 맘대로 이룬 것이 있다면 대박인생이다. 인생은 운이고 재수이다. 로또 당첨이 내 맘대로 안 되는 것이지만, 어쨌든 당첨되는 사람이 있지 않은가. 이것이 바로 이 인생과 이 세상이 얼마나 운과 재수로 움직이고 있는지를 말해준다.

　잘 안 풀린다고, 이루어지지 않았다고 걱정할 것 없다. 자신의 책임이 아니다. 풀리게 해주고, 이루어지게 해주는 건 내가 아니라 운과 재수다. 그런 운이 있고, 그런 재수가 있고, 그것들이 세상을 움직이고 있다. 나는 아무 힘이 없다는 걸 깨닫고 가는 것이 낫다. '1%의 영감, 99% 노력'. 이런 말을 한 아인슈타인의 거짓말을 믿지 말자. 인생은 운칠기삼이 아니고 운구기일이라 해도 모자란다.

희망 제조

헛된 희망이라도 가지고 있어야 한다. 헛된 희망이 없는 희망보다는 낫다. 헛된 희망은 자기를 지탱해 주지만, 희망이 없으면 홀로서기가 안 된다. 희망은 필요하다. '희망은 마음의 태양이다.'라는 말은 얼마나 멋진 명언인가. 희망은 우리를 이끌어 가는 에너지이며 기둥이다. 절망 속에서도 한 줄기 희망을 가져야 하고, 희망을 만들어 내야 한다. 희망을 만들어 내는 것이 얼마나 약한 인간의 감동스런 용기인가. 희망은 삶의 에너지의 원천이며, 인간존재의 위대한 의지이다.

'그렇게 믿지 않으면 살아가는 희망이 없잖아!'

_ <은하철도 999> 중에서

28

분노에 관하여

욕을 봤다거나 모욕을 당했다고 생각할 때가 있다. 그럴 때일수록 받은 모욕을 모두 화로 불살라버리지 말고 좀 참아보자. 늙어갈수록 화를 잘 못 참겠다는 사람들이 많은데, 나 자신도 어느 날 문득 그걸 느끼게 된다. 화를 참는 인내를 기록으로 승화시켜 보자. 인생은 기록이다. 오늘도 또 한 번 화를 참는 횟수를 더하는 하루를 살자. 오늘도 또 한 번의 모욕 거리를 잘 참아내어

신기록을 더하는 하루가 되리라고 다짐하자.

화를 시원하게 밖으로 풀어내어 버리고 욕을 내뱉는다고 해서 내가 무슨 시원스러운 사람으로 후세에 기록되는 것은 아니다. 화는 더 많은 화를 요구하기 때문에 정신건강에 더 손해가 된다. 화를 내는 게 역사에 남을 일도 아니지 않는가. 참으면 더 많은 화를 줄일 수 있다. 여기서 주목해야 할 점은, 화를 참는 인내가 덕목이라서 그런 것이 아니라, 화를 줄이려는 게 목적이라는 것이다. 그리고 화를 냄으로써 방어하려는 자존심이라는 것도 너무나 허망한 '뇌의 생화학적 작용'에 불과하다는

점이다. 인내의 화신, 도쿠가와 이에야스와 그 부하들에 대한 평 중 다음과 같은 구절이 있다.

'그들은 인간으로 도저히 참을 수 없는 것을 참고 견뎠다.'

참는 것도 인생의 새로운 장르인 것 같다.

29

자신을 기록하는 역사가

일기나 일상의 기록, 메모 등은 자신의 역사다. 틈틈이 기록해 두면 자신은 자신의 역사가가 된다. 순간순간 떠오르는 여러 생각들을 모아 보자. 우리도 우리의 역사를 재미있게 쓸 수 있을 것이다. 알고 보면 평범한 사람들도 다 철학자다. 인생이란 철학적 명제를 살아가는 한 우리 모두는 철학자가 될 수밖에 없다. 따라서 보통사람들의 글도 인생철학이 깃든 철학적 문장으로 소중한 것이다.

30

문장으로 위로하기

기분을 좋게 하고 마음을 안정시키는 문장을 수집하고 저장해 놓자. 세상에는 많은 책이 있고, 더 많은 문장이 떠돌아다닌다. 나를 기분 좋게 하고, 나를 침잠에 들게 하는 좋은 문장을 많이 찾아 놓고 활용한다면 자신의 수양과 마음의 평화에 많은 도움이 될 것이다. 글을 찾으려 하면 힘이 많이 들지만, 문장은 수월하게 찾을 수 있다. 어려울 때마다 그 상황에 맞는 좋은 격언이나 문장들을 찾아내어 마음에 상기한다면 많은 위로가 될 것이다.

31

자존심은 리더의 적

화를 제어하는 게 일생의 큰 과제 중 하나다. 화를 참아야 할 것인지, 화를 내야 할 것인지, 화를 내게 한 상대방이 잘못인지, 화를 내고 있는 내가 잘못인지, 화를 내는 것은 무조건 잘못된 건지, 화를 안 내는 게 무조건 잘하는 것인지….

오래 살아 봐도 정작 쉽게 답이 나오질 않는다. 화를 많이 내는 게 좋은 일이 아닌 건 확실하지만, 이미 화가 나버린 상태에서 어떻게 마음의 동요를 없애고 화내기 이전의 평화로운 상태로 돌아갈 것인지, 그 방법은 무엇인지 명쾌하게 밝혀주는 책은 없는 것 같다. 아무튼 화를 잘 조절할 수 있게 마음을 다잡아야 하는데, 제일 좋은 방법은 세월에 기대는 수밖에 없는 것 같다. 시간이 지나면 모든 것은 해결된다는 신념으로 세월을 믿고 잠깐 화내는 것을 연기해 보는 것이다.

사실 화를 내게 하는 근본 뿌리에는 자존심이라는 것이 똬리를 틀고 있는데, 여기에 적당한 말은 '자존심은 좋은 리더십의 적이다. 자존심의 반대는 겸손과 감사이다.'

_ 〈하버드 비즈니스 리뷰〉 중에서

세상은 요지경

세상사를 알고 보면 웃기고, 이상하고 오묘하게 돌아간다. 세상사란 비극과 희극의 잡탕이지만, 비극에도 알고 보면 희극적인 요소가 있다. 세상사 우울한 것으로 가득 차 있지만, 다 알고 보면 헛되고 부질없는 게임들이다. 이 혼란스럽고 기가 찬 게임을 오묘하고 이상하며 웃기는 연극이라고 생각하면 일상의 스트레스가 그리 끝까지 가지는 않는다. 〈세상은 요지경〉이라는 노래 가사는 정말 세상을 제대로 설파하고 있다. 이런 노래가 있다는 자체가 세상사가 우습게 돌아가고 있다는 걸 알고 있는 이름 없는 '진짜 도인'들이 많이 있다는 이야기다.

너무 스트레스받으면서 살지 말자. 세상은 이상한 요지경일 뿐이라고 여기고 스트레스받지 말자. 자신이 처한 현실을 너무 진리라고 생각하면 스트레스받고 우울하지만, 그게 절대 진리가 아니라고 생각하면 가볍게 비웃으면서 넘길 수 있지 않겠는가.

33

불평등을 받아들여라

앞서 나간다고 해서 계속 앞서 나가는 것이 아니고, 잘난 척한다고 해서 잘 나가는 것이 아니며, 완벽하다고 해서 일이 다 잘 풀리는 것도 아니다. 인생사는 모르는 일이다. 엎치락뒤치락하면서 사는 게 인생의 모습이다. 자기 잘못이 없다고 해서 잘 되는 것도 아니고, 잘못이 많은 사람이 잘 못 되는 것도 아니다. 뒤죽박죽인 게 인생이다. 그 온통 진흙탕 범벅 속에서도 자기가 잘 못 나가도 그냥 받아들이는 사람이 승자다. 이 세상은 불평등이 본질이며, 운명의 속성도 불평등이다. 이 불평등의 바다에서 불평등을 신봉하지 않으면서도 불평등을 받아들이는 그런 사람이 진정 용기 있는 사람이다.

세상에는 불평등이라는 세상의 폭풍에도 아랑곳하지 않고, 강한 멘탈과 개성과 가치관을 가지고 자신만의 길을 꿋꿋이 가는 사람들이 있다. 우리는 그런 사람을 진정한 영웅이고 용자라고 부른다. 소수이지만 그들은 이름을 내세우지도 않고 그냥 그렇게 살다가 사라져 간다. 그렇지만 그런 소수에 의해 혼란스럽고 불평등한 세상이 지탱되어 간다.

세상은 회색지대일 뿐

　내가 옳고, 다른 사람이 틀린 게 아니다. 다른 사람이 옳고, 내가 틀린 것도 아니다. 누가 맞고 틀린 것인지는 아무도 모른다. 어느 것이 맞고, 어느 것이 틀린 건지 모르는 상태로 이러쿵저러쿵하며 지내는 게 세상이다. 누가 나를 비난한다고 해서 그가 잘못된 것이 아니며, 내가 누구를 비난한다고 해서 내가 잘하고 있는 것도 아니다. 누가 나를 비난한다고 해서 내가 틀린 것도 아니며, 내가 누구를 비난한다고 해서 그가 잘못하고 있는 것도 아니다.

　사람들이 누군가를 지지하고 비판하지만, 누구는 옳고 누구는 틀렸다고 말할 수 없다. 세상은 그냥 회색지대일 뿐이다. 중요한 것은 자기의 영역을 다채롭고 활기차게 만드는 자신만의 장르지, 세상에서 떠도는 옳고 그름이 아니다. 자신의 개성적인 영역, 자신만의 창의적인 장르를 추구해 나가는 게 최고의 경지이다. 그리고 그 장르를 만들어 내는 자신을 보면서 스스로 기뻐하는 것, 그것이 진정한 인생 최고의 기쁨과 즐거움이다.

인생열차

인생은 언제, 어느 시기에나 기다림의 연속이다. 종착역은 죽음이다. 사는 데엔 종착역이 없다. 대신 수많은 간이역만 있다. 그 간이역에서 기차를 기다리며 인생의 여정을 지속해 나간다. 간이역은 잠깐 지나치는 역일 뿐, 또다시 기다리다가 다른 기차를 타고 어디론가 떠나간다.

기다림은 인생의 자력이요, 에너지다. 헛된 기다림이라 해도 기다림은 인생을 지탱하는 멘탈의 기반이다. 기다림도 없다면 지쳐버릴 것이다. 기운 빠지게 하는 기다림이라 할지라도 그 기다림이 우리를 끌고 간다. 그 기다림의 끝은 분명히 있다. 그리고 수많은 간이역에서의 환희와 희로애락이 추억의 열차에 함께 실려 종착역으로 향할 것이다.

36

삶을 경멸하라

삶을 경멸해야 삶을 제대로 살 수 있다. 지루하고 틀에 박힌 삶을 경멸해야 개성적인 삶을 살 수 있다. 틀에 박힌 삶이 어떠냐고 반문하는 사람은 여기에 해당되지 않는다. 틀에 박히고 남이 사는 방식대로 길들여지고 싶고 벗어나는 게 두려운 사람들도 여기에 해당되지 않는다. 어떤 주장이 다 옳을 수는 없다. 분명한 건 아무리 옳고 그럴듯하게 보여도 편하지 않고 두렵기만 한 삶의 방식이 있다. 어떤 방식이라도 절대 강요해서는 안 된다. 많은 사람들이 비판 없이 받아들이는 삶을 경멸하라는 말은 이런 사람들에게는 해당되지 않는 말이다.

죽을 때까지 그저 반복되는 생활만이 있는 그런 삶을 경멸해야 뭔가 새롭고 자기에게 맞는 개성적인 삶을 만들어 갈 수 있다. 왜냐하면 각자에게 맞는 새로운 삶을 만들어 보기 위해 우리가 이 땅에 태어났기 때문이다. 자기가 자기만의 삶을 만들고자 하는 것은 역사적 사명이다. 우리는 이 역사적 사명을 이루려고 할 때 비로소 이 세상에 태어난 것의 의미가 제대로 우리 안에 자리 잡게 된다. 이런 사명이 없다면 우리는 항상 혼돈 속에서 살게 된다. 우리가 이 세상에 태어난 숙명만 생각하지 말고, 이 세상에 태어난 임무와 사명도 생각해야 한다. 태어난 숙명만이 있을 때 우리는 휩쓸려 살면서 운명 탓만 할 것이고, 태어난 사명을 가질 때 우리는 운명의 장난에 휩쓸려도 우리의 신념과 내면은 절대 휩쓸리지 않고 강건히 지탱하게 되는 것이다.

태어난 의미를 모르는 사람이 많을 것이다. 그러나 당당하게 우리가 왜 태어났으며, 태어난 의미가 얼마나 분명한 것인지를 알게 된다면, 우리는 이 대지 위에서 떳떳하고 견고하게 나의 자리를 차지하고 나의 발걸음을 당당하게 내딛게 될 것이다. 이 사명은 대지에 서 있는 나의 위에서 나를 비춰는 강렬하고 찬란한 신비와 세례의 태양이며, 작기만 해 보였던 나의 존재에게 이 얼마나 큰 영광인가를 인식시킨다.

중용과 완급조절

　사는 데 도움이 되는 건 책뿐만 아니다. 일상생활 곳곳에서 깨달음에 도움이 되는 순간들이 얼마나 많은가. 가령 손발톱을 깎는다고 생각해 보자. 너무 깔끔하게 깎으려고 많이 깎아 버리면 아프게 된다. 그렇다고 손발톱을 덜 깎으면 그다음에는 조금 안 가서 또 깎아야 한다. 더 심하면 살 속으로 손발톱이 파고 들어간다. 과유불급을 여기서도 만나게 된다.

　신호등에서 노란불이 들어왔을 때 굳이 지나가 버리면, 왠지 감시카메라에 찍힌 것 같아 하루 종일 찜찜하고 기분을 잡치게 된다. 그렇다고 급정거를 하면 뒤차와 추돌할 위험이 있으며, 속도를 아예 줄일 경우 약속시간에 늦을 수 있다. 이런 딜레마는 우리 삶의 곳곳에서 발견된다.

　어떻게 조화롭게 인생의 교통 신호등을 지나칠 것인가는 항상 등장하는 화두이다. 결론은 너무 빨라도 안 되고 너무 급해도 안 되지만, 너무 느려도 안 된다는 것이다. 타이밍과 속도를 잘 조화시켜야 삶이 아슬아슬하면서도 안전한 재미를 가지면서 나아갈 수 있다. 중용과 타이밍 그리고 완급을 잘 조절하기, 깨달음을 곳곳에서 찾는 이런 재미가 인생의 또 하나의 활력소가 된다. 결정을 하는 것은 결국 자기이지, 스승이나 교통경찰이 대신 해주는 게 아니다. 자기가 자기의 길과 자기의 타이밍과 자기의 속도를 발견하는 것이다.

38

언젠가 여기 내가 없는 날이 온다

언젠가 이승에서 이 경치를 볼 수 없는 날이 올 거라 생각하며 거리를 바라보고 세상을 바라보라. 지금까지와는 매우 달리 보일 것이다. 언젠가 내가 이 자리에 없음으로써 볼 수 없게 되는, 그러나 내가 죽어도 항상 이곳에 있을 그 거리, 그 나무, 그 경치를 바라보라. 너무나 신기하고도 새롭게 보일 것이다. 내가 참으로 귀중한 시간 위에 서 있다는 생각이 들면서 순간순간이 소중하고 축복된 시간으로 여겨지며, 하루하루가 경이로움으로 충만한 그런 생활이 시작될 것이다. 죽음을 생각하지 않으면 귀찮고, 성가시며 큰 흥미 없는 나날일 수 있지만, 죽음을 생각하면 신비롭고 복된 나날이 된다. 죽었다고 생각하고 사람들과 거리와 세상을 바라보라. 그것이 오늘을 긍정으로 충만하게 사는 방법이다.

39

떠도는 이야기 믿지 말기

귀가 얇으면 안 된다. 세상에 떠도는 이야기들을 믿지 말아야 한다. 떠도는 이야기들을 거르고 추려서 자기식으로 디자인해야 한다. 귀가 얇으면 남 따라 살게 된다. 귀가 솔깃해지게 만드는 말치고 제대로 도움이 되는 이야기가 없다는 건 역사적 진리다. 게다가 그 달콤한 조언을 믿고 손해를 볼 경우, 자기 책임이고 실수일 뿐, 아무도 책임져 주는 사람은 없다.

삶은 공연시간 끝날 때까지의 코미디

삶이란 죽은 사람들이 어디로 떠난 것인지 모르고, 태어난 아이들이 어디서 왔는지 모르는 상태에서 죽음을 향해 달리는, 언젠가는 죽는 존재이다. 더불어 언제 갑자기 죽을지도 모르는 숙명 속에서 하루하루 살아가는, 도대체 예측이 안 되는 괴상망측한 생활이다. 삶이란 신비하면서도 대체로 비극적이나 전체적으로는 코미디이다. 살아가는 한정된 시간 동안 대부분 고뇌와 고통 속에서 그 시간을 영위하며, 그 시간을 합리화하는 신념을 찾아 성공과 돈, 종교와 사색 등으로 무진 애를 쓰며, 엄청난 정신적 에너지를 쏟아붓는다.

그리고 결국에는 허무하게도 갑작스럽게 삶을 마감하게 되는데, 장례식을 치른 후 살아있는 사람들의 모습은 야생에서 맹수에게 사로잡혀 죽은 동료를 물끄러미 바라보고 있는 영양이나 누 떼들의 모습과 크게 다를 게 없는 듯하다. 그러나 이런 덧없고 허무함, 허망함에서 삶에 대한 집착을 벗어나려 할 때, 인생의 본질에 다가가고, 그것에 걸맞은 생활을 영위할 수 있을 것이다.

비장미와 고독함

인생이란 하나의 거대한 소설이다. 우리 인간들은 저마다 인생을 산 후 독후감을 쓰고 가야 하는 운명이다. 이유는 모른다. 왜 살고 왜 써야 하는지. 독후감은 글로 또는 말로, 생각으로, 느낌으로 혹은 행동으로 각자 알아서 쓴다. 작품이 되는 좋은 독후감은 대개 편안한 인생에서 나오지 않고 어렵게 인생을 살아온 사람에게 수여된다. 물론 시상식도 없고 아무도 알아주지 않으며, 금상, 은상도 없다. 그냥 작품상이다. 그것도 누가 주는 게 아니고 자기가 스스로에게 수상한다. 생각해 보면 웃기는 시상식인데, 분명한 건 꽤 고독하고 비장미가 있다는 것이다. 그렇다. 바로 이 '비장미와 고독함'이 인생을 축약한 단어다. 그냥 사는 거다. 비장함을 가지고 고독하게. 원래 인생이란 이런 게임이다. 고독하고 비장한 게임, 이외에 다른 건 없다. 눈떠보니 삶에 던져져 있는 자신을 발견하고, 출발점에서 튀어나온 스키 선수처럼 느닷없이 내달릴 수밖에 없어서, 마냥 내달리다가 독후감 한 번 쓰고 죽는 게 인생이다.

결론은 별거 아니니까 그냥 닥치는 대로 살면 된다. 그러면 언젠가 죽음이라는 영원한 휴식을 선물로 받게 되는 날이 온다. 믿고 살자. 그날은 꼭 온다. 그날이 오면 웃으면서 가는 거다. 힘들지만 그날을 기다리며 웃기 위해 사는 것, 그것이 비장한 인간의 고독한 모습이며, 그래서 아름다운 것이다.

42
용량 한계의 법칙

나이 들어갈수록 사람을 많이 만나야 하고, 대화를 많이 해야 하고, 친구를 많이 사귀어야 한다고 말하지만, 내 생각은 반대다. 사람은 각자 태어날 때부터 키나 몸무게처럼 각자에게 용량이 있다. 우리는 재능을 기량이라고도 말하지만, 사실 모두 각자에게 정해진 용량 범위 안에 있으며, 각자에게 고유한 용량이 있다. '용량 한계의 법칙'이 있는 것이다. 친구의 범위, 대화하는 양, 여자관계의 범위, 돈 버는 양, 먹는 양, 맛집을 찾아다니는 에너지, 일하려는 에너지 등등 모두가 다 용량에 해당한다. 자신의 용량 한계를 넘을 수는 없다. 사람들의 말만 믿고 친구 관계를 지나치게 넓히고, 자기 대화 한계 용량을 넘어서는 말을 많이 하는 것은 자기 위장 용량에 넘치게 먹는 것과 마찬가지다.

용량을 넘어서면 감당이 어렵고, 벅차며 피로해진다. 용량 한계의 법칙을 깨닫고 자신의 한계 용량 내에서 모든 것을 행하고, 자신의 한계 용량을 끊임없이 계량해 보고 한계를 넘어서지나 않았는지 잘 살펴보아야 한다. 그저 떠도는 이야기들에 맞추어 생활하다 보면, 자기 길과 자기 질서를 잃어버리고 구름 위를 걷는 생활을 하게 된다. 그렇게 되더라도 아무도 책임져 주지 않으며, 관심도 주지 않는다는 사실을 잊지 말자.

43

쿨한 인생을 살자

'성공과 부귀를 위해 수단 방법을 안 가릴 수가 있나?'라는 주장에 반대하는 사람을 순진한 사람 또는 사회 부적응자로 폄하하는 사람들이 많아서는 안 된다. '남에 대한 도움보다는 자신의 성공이 모든 것에 우선해야 한다.'고 주장하는 사람들에게 '그래도 남에게 도움을 주는 것이 필요하지 않느냐?'고

반문하는 사람들을 '성공에 집중하지 못하는 산만한 사람들'로 비하하는 사람들이 많아서는 안 된다. 도움을 주는 시간에 자신의 성공을 위해 힘쓰는 것이 효율적인 인생이고, 성공의 지름길이라고 가르치는 부모가 많아서는 안 된다.

'양보운전은 개뿔, 나 먼저 가는 길을 간 후에 양보운전이 있는 거다. 내가 생존한 다음에 양보도 있는 거다.' '양보운전 자꾸 하면 빨리 가지 못한다.'라면서 '사회생활의 기본은 자신의 길에 집중하는 것'을 덕목으로 조언하는 꼰대가 많아서는 안 된다. 제발 우리 슬기로운 꼰대들은 손해 보면서 살자. 그리고 그것이 다 같이 더불어 생존하는 길이라는 것을 어린 사람들에게 가르치자. 설사 자기는 그런 길을 걸어오지 않았다 하더라도.

살면서 자신의 이익을 양보하고 남을 좀 도와주는 장면이 몇 개 있는 그런 쿨한 인생이 바람직하고 멋진 인생이라고 가르쳐 주자. 그리고 그런 쿨한 인생들이 많은 나라가 살기 좋은 나라이며, 진정 장밋빛 사회라고 가르쳐 주자. 사는 게 힘들다고 '너는 너와 네 가족을 위해서 너의 이익을 남보다 필사적으로 많이 취해야 생존할 수 있다.'고 가르쳐 주지 말자. '경쟁에서 항상 승리하는 것이 인생의 진정한 승자요 기쁨이고 목표.'라고 가르쳐 주지 말자.

성적은 항상 옳고, 사회는 성적순이고, 행복도 성적순이고, 네가 점수를 잘 받는 것이 너의 미래를 위해서 얼마나 중요한 일인지 시간 있을 때마다 상기시켜 주는 그런 할아버지가 되지 말자. 거창하게 나라와 사회를 생각하지 말고 네가 막강한 성적으로 앞장설 때 모든 것이 의미가 있고, 많은 사람들이 네 앞에 고개 수그리게 되고, 그 상태가 가장 바람직한 상태고, 그렇게 너에게 맞는 사회를 만드는 거고, 그런 걸 위해 촌음을 아껴가며 노력하는 그런 멋진 야심가가 되라고 가르치는 할아버지, 할머니가 되지 말자.

존경이란 네가 성적과 실력으로 높은 지위에 올라 네 앞에 모두가 머리 조아리는 상태라고 가르치지 말자. 가장 안타까운 것은 다른 사람 앞에서는 더불어 살아야 한다고 하면서 뒤에서 자기 가족한테는 '편법을 쓰더라도 경쟁에 이기고 봐야 한다. 진 놈이 억울한 법이다.'라고 얘기하는 이중적인 사람이 꽤 있다는 점이다. 진정한 존경이란 손해 보는 쿨한 인생에게 불특정다수가 보내는 익명의 찬사라고 가르치자.

인생은 재미있는 것이다

인생, 내 맘대로 안 되는 게 재미있다.

철학에 비장미悲壯美라는 용어가 있다. 자연을 인식하는 '나'의 실현 의지가 현실적 여건 때문에 좌절될 때 미의식이 나타난다고 한다. 슬프고 비극적인 경우까지도 아름다움을 주며, 불가항력의 운명 앞에서 처절하게 저항하다 패배하는 인간의 모습에서도 아름다움을 느끼는 것이다. 이런 아름다움이 있다는 자체가 재미있는 것이고, 우리가 바로 보고 바로 아름답다고 느끼는 것 말고도 많은 아름다움이 존재한다는 사실이 재미있는 것이다.

인생이란 이상한 면이 너무 많은 곳이고, 괴로움과 고뇌는 살아가는 내내 인간을 괴롭힌다. 이렇게 이상한 인생에서 우리가 멘탈을 유지하려면, 이 이상한 인생을 재미있게 생각하고, 바로 눈으로 보고 바로 감각으로 느끼는 것 말고도 다른 세계가 있으며, 다른 방식으로 세상이 굴러갈 수 있다는 걸 인식해야 한다. 그래야 배우고 읽어서 얻은 세상의 이치 말고도 다른 운명의 시스템으로 돌아가기도 한다는 것을 알 수 있으며, 그렇

게 다른 방식으로 돌아가는 세상살이에 재미를 느끼게 되는 것
이다. 비록 나에게 불리한 다른 방식으로 돌아가더라도 그 새
로운 다른 방식에서 또 알게 되고 깨닫는다. 새로운 것을 보고
아는 것이 발견이고 체험이다. 새로운 체험은 인생을 새롭게
알게 한다.

45

죽음은 신의 최고의 작품

죽음은 삶의 에너지다. 죽음이야말로 신의 최고의 작품이
다. 삶이란 보통의 사람들에게는 고단한 여정으로, 기도하지
않는 사람들에게는 원성이 자자한 신의 작품이다. 인체라는 것
도 불완전해서 신의 미완성 작품이라고도 볼 수 있다. 그런데
신은 죽음이라는 작품을 만듦으로써 원성과 미완성을 동시에
완벽하게 해결하는 방법을 찾아냈다. 나에게 좋게 들리는 말
중의 하나가 사람이 죽었을 때 하는 '이제 고통이 없는 세상에
서 편히 잠드소서.'라는 말인데, 이런 평온한 상태와 진정한 평
화에 도달하는 상태가 바로 죽음이요, 바로 신의 최대의 걸작

이라 하겠다.

고통과 백팔번뇌의 인생을 진정으로 구원하는 마침표를 만든 건 참으로 신의 걸작이라고 아니할 수 없다. '수고하고 무거운 짐 진 자들아 다 내게로 오라. 내가 너희를 쉬게 하리라.' 감동적인 대사다. 죽음이 있으니 살아있는 시간들에게 더욱 의욕적이고 열정적으로 집중할 수 있지 않은가.

46

내 맘대로 안 되는 인생이 정상이다

세상사 맘대로 안 되는 게 정상이자 제대로 된 인생이다. 인생은 잠깐 자기 계획대로 되었다가는 또다시 맘대로 되지 않는 새로운 국면을 항상 맞이하게 된다. 이럴 때 억지로 돌파하려고 용쓰지 말고 순리대로 침착하게 대처해야 한다. 억지로 안 되는 걸 되게 만드는 게 아니라, 안 되게 됨으로써 새로운 좋은 결과를 탄생하게 만드는 것이다. 한마디로 새옹지마가 탄생한다. 그러려면 일단 마음을 비워야 하고 맘대로 안 되는 걸 억지를 써서 맘대로 되게 하려는 무리수를 두지 않아야 한다. 그것이야말로 새옹지마의 게임으로 갈 수 있는 최고의 전략이다.

억지의 동의어는 무리수다. 이 시대에 무리수가 추앙받고 있으나, 무리수는 언젠가 침몰하게 되어 있다. 억지와 무리수는 친구로서 새옹지마를 탄생시키지 못한다. 순리대로 살아가면 언젠가 새옹지마의 자연스런 호기가 온다. 순리대로 참고 기다리는 것, 그것이 인생의 지혜요, 전략이다.

***

사람의 일생은 무거운 짐을 지고 가는 것과 같다.

서두르지 말지어다.

무슨 일이든 마음대로 되는 것이 없다는 것을 알면,

굳이 불만을 가질 이유가 없다.

마음에 욕망이 생기거든 곤궁한 때를 생각하라.

참고 견디는 것이 무시장구(無始長久)의 근원이요,

분노는 적이라고 생각하라.

이기는 것만 알고 지는 것을 모르면,

해(害)가 자기 몸에 미친다.

자신을 탓하고 남을 나무라지 말라.

미치지 못하는 것이 지나친 것보다 나으리라.

_ 도쿠카와 이에야스(德川家康, 1543-1616)

인생이 어떻게 될지 아무도 모른다

어떻게 될지 모르기 때문에 어떤 길을 선택하지 않는 사람이 있는가 하면, 어떻게 될지 모르기 때문에 선택하는 사람도 있다. 자기의 역량에 맞는 길을 선택하면 도전이고, 자신의 역량과 너무 동떨어진 선택을 하면 무리수가 된다. 자기의 역량을 넘어선 선택을 하였지만, 운이라는 환경이 따라주어 좋은 결과를 낳기도 한다. 반면에 자신의 역량으로 충분한 선택이었으나, 환경이 안 따라주어 실패하는 악수가 되기도 한다. 이것이 인생이다. 어떤 인생에는 예상치 못한 순풍이 불어주는가 하면, 또 어떤 인생에는 잘나가게 되어 있음에도 불구하고 예상치 않은 역풍이 닥쳐 버린다. 이것이 인생 드라마다. 내가 순풍 인생인지, 역풍 인생인지는 살아보지 않으면 모른다. 재미있기도 하고 재미없기도 한 게 인생이다. 그러나 모두가 끝 장면을 보려고 살아가는 것을 보면, 세상을 살아가는 대부분의 사람들은 성실한 관객들인 것 같다.

자신의 길을 추구하라

인생이란 자신만의 그림을 그리고 자신만의 장르를 만들어 나아가는 것이다. 남 하는 대로 따라가는 것이 아니라, 자기의 의지대로 자기의 길을 자기가 개척하여 꿋꿋이 그 길을 따라가다가 떠나는 것이다. 슬콘들은 젊은이들에게 다른 사람이 먼저 간 길을 안전하게 따라가라고 하지 않는다. 도전과 모험을 권유해야 슬기로운 꼰대이다. 삶에서 자신의 길을 발굴하고 추구하는 것은 대단히 중요한 일이다. 자기의 길을 개척하는 의미가 곧 삶의 의미이다. 삶의 의미는 사는 이유와 행복 추구의 의미와 연결되기 때문이다. 자신의 길을 잃으면 인생은 쉽게 권태로워지고 의미도 금방 잃어버리게 된다. 산다는 것은 서로와의 비교와 경쟁이 아니라, 자신만의 세계와 길을 개척하는 일임을 학교에서부터 꾸준히 가르쳐야 한다. 그래야 행복을 추구하는 사람이 많아지는데, 이것이 진정한 복지다. 또한 자신만의 길을 추구하는 데서부터 자신만의 발견과 발명이 나오기 때문에, 여러 분야에서 각기 다양한 장인과 인재들이 탄생해 나라의 여러 분야가 고루 발전할 수 있는 발판이 된다.

역사는 기상천외한 프로젝트

　일본의 씨름인 스모는 엄청난 양의 음식을 먹게 하여 살을 찌운 다음 힘겨루기를 하는 격투기로서 굉장히 야만적인 행위라고 볼 수 있다. 이런 스포츠는 강대한 권력을 가진 국가에서만 행해질 수 있다. 고대 로마의 검투사 결투도 비슷한 예이다. 수십 명의 검투사를 경기장 안에 가두고 서로 싸우게 하여 마지막으로 살아남는 한 검투사만 승리자가 되는 경기로, 로마 제국이라는 강대한 권력이 없으면 결코 탄생될 수 없는 게임인 것이다. 미국도 다르지 않았다. 자국의 농사를 위해 아프리카 정글에서 뛰어다니던 흑인들을 강제로 끌어다가 미국 땅에 풀어 놓았으니, 게임은 아니지만 비인간적인 프로젝트임에는 틀림없다. 프랑스의 푸아그라, 스페인의 하몽 같은 음식도 인간을 대상으로 한 게 아닐 뿐이지, 그 아류에 든다. 강대한 권력 앞에는 기상천외한 프로젝트가 항상 존재해 온 것이 세계 역사라고 할 수 있다.

불편한 진실의 실제 모습

　사건은 끊임없이 생긴다. 오죽하면 '죽어야 끝난다.'라고 했을까. 나를 비롯하여 주위에서 끊임없이 사건이 일어나며, 내 몸에서도 사건은 일어난다. 몸은 나이 들어갈수록 계속 고장 나게 되어 있다. 이런 사건들을 자신의 방향과 반대되는 걸로 생각하면 안 된다. 이렇게 나를 괴롭히는 사건들이 사실은 나와 같이 가야 하는 필연적인 것이요, 어쩌면 내 몸의 일부라고 생각해도 좋다. 우리는 이런 불편한 진실을 깨닫고, 이런 불편한 사건들을 내 몸의 일부처럼 더불어 가야 하는 숙명적인 것들로 규정하고 더불어 살아야 한다. 뼈아픈 사건이든, 병이 들게 되는 사건이든, 모두 나의 일부로 받아들이고 그것들과 같이 가는 것이 숙명임을 항상 자각하고 숙명에 순응하는 삶을 살아야 한다. 사건이 터질 때마다 놀라거나 상심하지 말고 '그러려니' 하고 살아가야 한다. 내가 살아가는 세상이 불편한 진실의 연속이라는 것을 잊어서는 안 된다.

세상의 경계를 넘나들지 말라

세상에는 많은 경계가 있다. 선과 악, 법과 무법, 도덕과 패륜, 남과 여, 신과 인간, 사람이 살지 않는 대자연과 사람이 사는 곳 등등, 이런 여러 경계에 가까이 가려 하지 말라. 머리와 마음이 복잡해진다. 그런 경계에 인간이 가까이 가면 안 된다. 그냥 연구대상일 뿐이다. 그래서 학자들이 있는 것이다. 그런데 그런 경계를 넘나들려고 하는 사람들이 있다. 매우 위험한 일이다. 세상에 있다고 다 가봐야 하는 게 아니다. 세상에서 모든 것을 경험하고 죽으려 하지 말라. 이 세상은 매우 위험한 곳이다. 호기심이 난다고 함부로 위험지대를 탐방해서는 안 된다. 위험지대를 정리하고 후배들에게 알려주는 것, 이것도 슬기로운 꼰대들이 할 일이다.

습관적 관성 주의

인생에서 빠져들면 안 되는 여러 좋지 않은 분야가 있다. 그 중의 하나가 오랜 습관, 그리고 습관의 관성인데, 보통은 열심히 산다고 생각하고 그 습관을 답습하는데, 답습을 오래 하다 보니 그 습관에서 벗어나는 일을 하면 마음이 편치 않다. 그래서 다시 예전 습관대로 살아간다. 이런 경향은 주로 개성이 없는 사람들에게 나타난다. 개성이 없으면 자기 혼자서 자기 주도적인 생활을 못 하게 된다. 그전까지 해왔던 습관의 관성 때문이다.

개성적인 삶은 기존의 습관을 버려야 하는 결단이 요구되기에 상당한 용기가 필요하다. 용기가 없기 때문에 개성적인 삶을 사는 사람이 많지 않다. 특히 학교와 사회가 만들어놓은 무한 경쟁 속에서 살아온 사람이라면, 기존의 습관이 경쟁에 매우 유리하며 그 습관을 벗어날 수록 경쟁에 뒤떨어질 수 있다고 생각하기 때문에 더욱더 개성적인 삶과 멀어진 삶을 살 수밖에 없다. 늦었더라도 오래된 생활방식에서 떨어져 나와 세상을 바라보고, 무엇 때문에 자신이 비개성적으로 되었는지를 자각해야 한다. 개성적인 생활은 자신뿐만 아니라 사회 모두의 고른 발전과 상호 존중과 신뢰를 위해서도 매우 중요하다.

53

열정도 관리대상

열정에도 조절이 필요하다. 가족이 없는 사람은 덜 하지만, 가족이나 연관된 사람이 많은 사람일수록 열정을 조절하는 '열정관리'가 필요하다. 사실 열정이라는 것은 이상을 좇는 것으로, 어떻게 보면 비현실적인 경우가 많다고 봐야 한다. 세상사람들은 열정을 외친다. 무조건적인 외침이 아니다. 현실에 잘 맞아떨어진 열정을 칭찬하고 권장하는 것이지, 현실성이 없는 '불행하고 안타까운 열정'까지 권장하는 것은 아니다.

또한 그만큼 열정을 강조하는 이유가 현실과 맞아떨어지는 확률이 그만큼 적다는 의미이며, 그러기 때문에 여러 인연이 많은 사람이라면 주위를 괴롭히지 않기 위해서 열정 관리가 필요할 수밖에 없는 것이다.

열정 관리는 몹시 현실적인 문제이다. 현실적으로 살기 위

해서는 반드시 열정 관리를 잘해 나가야 한다. 물론 대부분의
사람들은 주위에 '폐'를 끼치지 않기 위해서 열정을 아예 갖지
않고 살아가거나, 아니면 열정을 '사고나 치는 시작'이나 '삶을
몹시 불안하게 만드는 요소'로 치부하며 살아간다.

54

인생 요약 참고서를 부탁해

심오하고 어려운 인생을 알기 쉽게 기록해 주는 친절한 '인
생 기록자'가 필요하다. 인생에 대한 기록이나 책들은 감상적
이거나, 난해하거나 구름 잡는 내용이 많다. 정말 살아가는 데
꼭 필요한 알짜배기를 알기 쉽고 실질적으로 실천할 수 있도록
기록해 주는 진정한 '인생 지침서 기록자'는 없는가. 쉼 없이 돌
아가는 시대에 일반 대중들이 뭔가 머리에 섬광처럼 깨닫고 금
방 알아듣고 미소 짓게 만들 수 있는 글들이 필요하다. 주제
를 흐리거나 지나치게 과대포장하는 미사어구나, 현란한 문제
나 난해한 어휘들을 과감하게 걷어내고 정말 간결하고 필요한
것들만을 전달하는 그런 기록과 장르가 필요하다. 이런 기록을

써낼 수 있는 작가가 필요하다. 명확한 것, 간결한 것, 필요한 것, 중요한 것, 없어서는 안 될 것, 꼭 지녀야 할 것, 꼭 고쳐야 할 것 등의 알짜배기 정보를 기록해 주는 창조적이며 창의에 불타는 작가가 필요하다. 그 작가가 바로 대중에게 봉사하는 '진정한 기록자'이며, 대중에 대한 봉사와 지식기부가 뭔지를 아는 진정한 지식인이다.

55

인생은 모험투성이

인생은 내 몸으로 하는 모험이다. 모험을 하고 있지 않는 것 같지만, 사실 모두 모험을 하고 있다. 길을 걷다가 옆의 건물이 무너져 사망하는 때도 있으니 걷는 것도 모험이다. 음주, 흡연도 자기 건강이 미래에 어떻게 될지 모르는 상황에서 몸을 걸고 하는 모험이요, 음식을 잘 삼키지 못하는 노인이나 환자에게는 삼키는 것 자체가 모험일 수 있다.

손톱 깎는 것도 모험이요, 이 도로를 경유할 것인지, 저쪽 도로로 갈 것인지 결정하는 것도 모험이요, 어떤 사람을 사귀는 것도 모험이다. 이런 것이 모두 모험인 이유는 자기 몸으로 하기 때문이다. 이렇게 무수한 작고도 큰 모험을 하면서 지내는 게 인생이다. 인생 자체가 원초적으로 모험 덩어리인 것이다.

56

세월은 최고의 명약

고민 최대의 약은 세월이다. 아무리 고민을 없애려고 몸부림쳐 봐야 소용없다. 세월의 흐름을 타고 기다려야 한다. 고통과 슬픔, 고민은 녹는 데 많은 시간이 걸린다. 게다가 녹일 수 있는 건 세월뿐이다. 고민을 녹이려고 이 사람 저 사람에게 조언을 구하고 다녀봐도, 세월만큼 효험을 보지 못한다. 세월의 흐름에 몸을 맡기고 딴생각이나 하면서 지내다 보면 잊혀진다. 이제껏 나를 지탱해 준 건 세월이었다. 가는 세월이 아쉬웠고 기다리는 세월이 고통스러웠지만, 결국 세월은 나를 버리지 않고 나를 든든하게 받쳐주었다. 세월을 믿어라. 세월이 언젠가 당신에게 휴식을 가져다주리라. 당장은 미덥지 않지만 기다려 보면 세월은 믿음직한 친구다.

버나드 쇼

인생이란 즐거움을 찾지 않으면 지루한 반복과 헛된 기다림이 하염없이 이어지는 공간이 되어버린다. 나이 들어서 '세월이 어떻게 이렇게 빨리 지나갔는지 모르겠다.'라고 말하는 게 인생이다. 일상의 시간을 조화롭고 창의적으로 사용하는 데에 집중하면서 살아야 한다. 버나드 쇼의 '우물쭈물하다가 내 이럴 줄 알았다.'라는 묘비명은 얼마나 멋진 명언인가.

빠른 회복이 인생 수완

사람을 미워했다고 자책하지 말라. 쓸데없이 작은 고민에 시간을 허비한다고 자책하지 말라. 그런 게 인간이고 인생의 시간이 원래 그런 거다. 사람을 미워하지 않고 작은 고민 하나도 없이 살아가려고 했다면 예수나 부처를 목표로 살았던 거다. 그렇지 않다면 미워하고 고민하는 게 자연스러운 거다. 문제는 다음이다. 미워하고 고민하는 시간 다음에 어떻게 빨리 다음 단계로 넘어가느냐다. 수행자처럼 평화로운 마음으로 사는 시간이 조금이라도 많이 가지려면, 미워하고 고민하는 시간에서 빨리 회복하여 새로운 마음가짐의 시간으로 가도록 해야 한다. 그런 빠른 회복이 바로 진지한 인생이다. 계속된 실수와 그리고 그 실수에서 딛고 일어서는 것, 그것이 자연스러운 인생이다.

59

보통 사람들만의 특권

인생에 대해 이러쿵저러쿵 이야기들을 많이 하지만, 보통 사람에게 인생이란 그저 시간 보내기다. 보통 사람들에게 인생에 뭐 그렇게 어마어마한 의미가 있겠는가. 보통 사람들에게 인생이란 그저 시간을 보내는 것이다. 이런저런 고민으로 시간이 가고, 이런저런 사소한 재미로 시간을 보내고, 어쩌다 여가가 생겨서 여행이라도 하면 그 재미로 시간이 시간 가는 줄 모르고, 나쁜 일을 당하면 괴로운 '시간'이 또 간다. 학교에 가면 학교 시간이 가고, 직장에 가면 직장 시간이 가고, 군대에 가면 군대 시간이 간다. 기념일에 기념하는 시간을 즐기다 보면 또 어느새 시간이 간다. 이렇게 많은 시간을 보내다 보면 어느새 늙어가고, 늙는 시간을 통과하면 죽는 날이 오게 된다.

인생은 간단하다. 영웅들은 큰 과업을 이루고자 위대한 시간들을 꿈꾸며 시간들을 보내게 되지만, 대부분의 보통 민초들에게는 그런 영웅적인 시간은 오지도 않으며 필요하지도 않다. 그냥 보통 사람들의 시간이란 위대한 시간이 아니며, 그렇게 부담스러운 시간도 아니다. 오히려 그것이 장점이다. 인생은 그냥 시간을 흘려보내는 것이다.

우리가 신을 용서하자

어쩌면 신이 우리 인간을 용서하기보다는 우리가 신을 용서해야 할 일들이 많을 수도 있는 것 같다. 인생이란 고뇌와 고통의 시간을 준 창조자 신에게 우리 인간들은 어떤 용서를 해달라고 간청할 것인가? 그것보다는 인생의 고통을 주었음에도 우리가 신을 용서하는 것이 이 세상에서 인간이 하고 있는 가장 위대한 일이다. 신을 찾아가서 용서받는 것이 아니라 이 고해苦海에서 그냥 살고 있다는 자체가 신을 용서하는 행위인 것이다. 용서받아야 할 신이 그래도 잘한 일은 죽음을 창조한 일이다. 신은 죽음을 창조함으로써 인간을 구원했고, 인간은 신이 만든 죽음 때문에 신을 영원히 원망할 수는 없는 것이다. 또한 죽음으로써 신은 모든 인간을 '죽음 앞에 평등하게' 만들었다. 이것이 진정한 평등이다.

신은 인간들의 개별 인생에 간섭하지 않지만, 아니 전혀 냉담하지만, 그래도 죽음을 창조하여 인간들에게 결국은 영원한 휴식을 제공하는 미덕을 가졌다. 죽음이야말로 신의 최고의 작품이며, 신이 인간에게 주는 최고의 선물이다. 죽음을 항상 가슴과 머리에 간직하고 살면서 인생의 고해에서 벌어지는 여러 가지 일들을 용서하고 살아야 한다. 이것이 우리 인간의 숙명이요, 인간의 위대함이다. 그렇게 하여 인간이 위대해질 수 있는 기회를 준 것이 어쩌면 인간에게 주는 신의 가장 큰 선물이고 축복인지도 모른다.

61

멋진 모습이 멋진 인생

과거의 상처란 나아서 없어지는 것이 아니라, 상처가 흉터로 변해서 모습이 흉하게 되는 것이다. 진정한 과거의 상처에 치유란 없다. 과거의 상처는 가슴에 묻고, 되도록 다시 열어 보지 않는 게 치유법이다. 과거의 상처 자리는 없어지지 않으며, 다만 통증이 없어지고 감각이 둔해질 뿐이다. 이것이 과거의 상처 치유과정이다. 과거를 들춰낸다고 상처가 치유되는 게 아니다. 오히려 상처를 다시 받게 되고, 과거의 상처가 또 지금의 상처가 될 뿐이다. 과거를 생각하면 기분이 나빠 오지만, 시치미 뚝 떼고 사는 거다. 그래도 과거의 상처는 상처를 열고 덮기를 수없이 반복하면서 치유되어 간다. 그러나 과거의 상처 때문에 인생이 있는 것이고, 인생이 아름답고 찬란하고 멋지게 된다. 상처가 없으면 멋있지 않다.

과거의 상처는 괴로운 만큼 훈장임에 틀림없다. 멋진 삶을 지향하는 사람에게는 반드시 과거의 상처라는 훈장이 있어야 한다. 상처를 받는 경험을 했다는 자부심의 훈장이다. 인생은 멋지게 사는 게 최고의 목표요, 핵심이다. 멋지게 산다는 것은 비장미를 갖고 사는 것이다. 비장미라는 건 슬픔 속의 아름다움이다. 바로 이 슬픔이 과거의 상처다. 분명 상처가 있는데 없는 듯이 나아가는 게 비장미이며, 슬픔과 상처의 미학이다. 인생은 과거의 상처로 그 아름다움이 찬란해지는 것이다. 멋진 삶을 지향하는 모든 사람들은 과거의 상처를 벗어던지려고 몸부림치기보다는 그냥 지니고 감으로써 인생의 미학을 완성해나간다. 멋진 삶이란 인생의 좋은 모양, 좋은 모습을 살아가는 것을 말한다. 인생길을 걸어가는 모습이 좋은 모양으로 나와야 멋진 삶이 된다. 상처를 갖고도 그냥 나아가는 자가 멋진 자다. 상처가 분명히 남아 있는 데도 없는 것처럼 누구 탓도 하지 않고 그냥 걸어가는 자가 멋진 사람이다.

호모 아고니엔스

다들 고민하며 산다. 고민하는 인간이 정답이다. 이런저런 사소한 고민부터 거대한 고민까지. 그런 의미에서 인간은 '호모 아고니엔스 Homo agonyence'다.

살아있음을 증명하는 것 중 하나가 고민하는지의 여부다. 로댕의 〈생각하는 사람〉은 사실 '고민하는 사람'이다. 사소한 것에도 고민한다고 스스로를 자학할 필요는 없다. 원래 인간이 생겨먹은 꼴이 그럴 뿐이다. 사소한 고민도 부담 없이 하되, 다만 빨리 벗어나도록 노력만하면 될 일이다. 그런 사소한 것에 고민하고 신경 쓰다가 시간을 보내는 게 인생이다. 그냥 그렇게 속절없이 시간을 보내는 게 인생이다. 그러니 그냥 그런 줄 알고 지내면서 시간을 보내면 된다. 인생은 별것 아니다. 그렇게 사소한 것에 매달리다가 지나가는 것이다.

세상이 너에게 무얼 해주길 바라지 말라

　세상 사람들이 무슨 생각을 하든, 세상이 어떻게 불합리하게 돌아가든, 나는 내 사상과 소신을 견지하면서 살면 된다. 세상이 진리라고 생각하지 말라. 약간 불편하더라도 세상과 같이 세상 돌아가는 데로 초조하게 따라 돌아가지 말고 나의 리듬을 찾아서 살라. 여유란 세상과 같이 돌아가면서 생기는 것이 아니다. 여유롭고 개성적인 삶은 오히려 세상과 약간 거리를 두었을 때 생긴다. 세상은 자상하게 나의 개성과 여유, 쾌적한 삶을 마련하려고 다가오지 않는다. 나의 개성과 여유와 쾌적한 삶은 나 스스로 만들어야 한다. 세상이 만들어 주는 게 아니다. 세상은 그렇게 자상하지 않다. 세상에 기대면 나를 찾기는 어려워진다. 나의 여유는 내가 찾아야 한다.

산만과 집중

산만함과 끊임없이 싸워야 하는 것이 인생이다. 산만함은 집중의 반대 개념으로, 오래된 잘못된 습관이 원조다. 세상은 집중을 얼마나 잘하느냐에 따라 자신의 역량을 최대한 효율적으로 사용하느냐가 정해진다. 자신의 한정된 역량을 효율적으로 사용하려면 집중 전략을 이용해야 하는데, 이때 평소 습관이나 생각이 산만한 상태라면 매우 불리할 수밖에 없다. 같은 역량을 가지고 몇 배의 효율을 내려면 집중해야 한다. 집중하려면 산만함에서 벗어나려는 끊임없는 노력이 필요하다. 집중하려 하기보다 우선 산만한 정신상태를 회피하는 습관에 열중해야 한다. 그것이 순서다.

인생은 선택의 연속

산다는 것은 사다리 타기의 연속이다. 매 시시각각 선택해야 하고, 그 선택에 따라 또 다음의 선택을 해야 한다. 계속된 선택만이 기다리고 있을 뿐이다. 자기도 모르게 선택하는 것도 있다. 길을 걷고, 횡단보도를 건너고, 버스나 지하철을 타는 것 등도 모두의 선택이다. 이런 선택 속에서 성공과 실패가 기다리고 있는데, 작은 성공과 실패, 그리고 큰 성공과 실패가 그러하다.

각자의 앞에는 굉장히 위험한 선택도 기다리고 있고, 작은 기쁨을 주는 아기자기한 선택도 있다. 일상의 작은 그림을 위한 소소한 선택도 있고, 일생의 큰 그림을 위한 거대한 선택도 있다. 여러 가지 크기와 빛깔의 선택을 흥미롭게 생각하고 즐기는 것, 그것이 인생에서 선택의 여정이다. 비록 때로는 위험한 선택이 기다리고 있을지라도.

효율적인 인생

모든 사람과 친하고, 서로 도우면서 살라고 하지만, 아쉽게도 인간의 관계 형성과 교류가 그리 만만치가 않다. 세상에는 두 부류가 있다. 자기에게 맞는 사람과 안 맞는 사람이다. 관계에도 운명 같은 요소가 있다. 자기에게 안 맞는 사람과 서로 친하라는 것은, 심하게 말하면 자기와 안 맞는 이성과도 서슴없이 결혼할 수 있어야 한다고 말하는 것과 같다. 세상에서 가르치는 것처럼 실전에서는 그렇게 '매뉴얼' 대로 하기가 어렵다. 소영웅주의 기질이라도 있는 사람이라면 많은 인간관계와 거기에서 빚어지는 갈등을 화합으로 승화시킬 수 있겠지만, 보통 사람들에게 그렇게 주문하는 건 무리이다. 그 주문이 무리가 되는 사람에게 친교와 포용을 주문하면 혼란에 빠지게 된다. 따라서 보통 사람들에게는 자기에게 안 맞는 사람에게 공들여서 힘을 소진하기보다는 자기에게 맞는 사람에게 집중하는 것이 보통 사람들의 기량과 한계에 맞는 '맞춤 인간관계'라고 생각한다. 인간관계의 한계를 항상 생각하면서 실전에서 실질적으로 도움을 주는 그런 추천서나, 그런 기발하고 친절한 충고가 있으면 얼마나 좋을까.

자기와 안 맞는 사람은 분명히 있다. 자기와 안 맞는 것을 인정하는 것은 상대편에게도 이로운 일이다. 자기와 맞는 사람을 찾아서 집중하는 것은 인생의 한정된 시간을 허비하지 않고 효율적으로 인간관계를 유지하는 비결이다. 자기 자신에게 물어보고 진정으로 맞는 상대인지 안 맞는 상대인지를 판단하여 안 맞으면 관계를 청산하는 쪽을 택하고, 맞으면 관계에 집중하여 맞는 상대와 보람된 시간을 갖도록 하는 것이 '효율적인 인생'을 사는 실질적인 지름길이다. 슬콘은 언제나 인생의 실전에서 써먹을 수 있는 그런 '효율적인 조언'을 하려고 노력하는 사람이다.

67

인생은 나에게 술 한잔 사주지 않았다

자기가 잘하는 것 하나로 자부심을 가지고 살면 된다. 이것저것 다 얻고 싶어도 못 가지는 게 인생이다. 하나라도 건지면 대박인 게 인생이다. 자기가 잘하는 것 하나만이라도 가지고 인생 끝까지 우려먹는 게 최고의 상책이다. 더 가지려고 해봐야 욕심만 더 커져서 위험한 길을 선택하게 된다.

욕심의 이면에는 더 가지지 못했을 때 받게 되는 더 큰 좌절과 상처가 드리워져 있다. '인생은 나에게 술 한잔 사주지 않았다.' 그러니 인생에서 내 돈으로 술 한잔 사 먹는 것만으로도 나를 칭찬해 주어야 한다. '내가 내 돈으로 술 한잔 마시는 것이 얼마나 대견한가!' 하고 자신을 무수히 칭찬해 주면서 마셔야 한다. 자기 돈으로 술 한잔 산 것도 잘한 일이며 엄청난 자부심이다. 인생은 술 한잔도 사주는 법이 없기 때문이다. '내 돈 내 산내 돈으로 내가 산 것'을 자화자찬하면서 사는 내내 계속 우려먹는 게 잘사는 방법이다. 인생이 나를 외면해도 자기 자신을 칭찬하자.

68

장례식장 탐방

장례식에 자주 가라. 장례식에 자주 가서 죽음을 접해라. 죽음이 나의 옆에 있어야 제대로 현재의 시간을 귀중하게 생각하며 활용하고 즐길 수 있다. 죽음이 자기에게서 너무 멀리 떨어져 있으면, 현재든 미래든 과거와 별다른 차이 없이 살게 된다. 죽음을 자기 옆에 두는 치열함이 있어야 오직 단 한 번인 인생의 일회성을 첨예하게 깨닫게 된다. 죽음을 깨닫게 될 때 사는 시간의 허무함과 귀중함을 깨닫게 된다. 죽음이라는 인생의 끝을 직시해야 그 마지막을 위하여 무엇을 해야 하고, 무엇에 도전해야 하는지가 명확해진다.

죽음을 잊어버리는 것은 마지막이 없는 상태로 그냥 흘러가는 것밖에 되지 않는다. 인생은 끝이 있기 때문에 각자의 꿈과 각자의 도전과 각자의 인생게임이 스토리가 되고 의미가 부여 된다. 죽음을 직시하면 한번 태어나서 걸어가는 인생의 진정한 의미를 깨닫게 된다.

69

쿨 계명

쿨하다는 건 참는 거다. 참음으로써 멋있어지는 것, 그것이 쿨한 거다.

쿨하다는 건 자기 이익을 그냥 버리는 것이다. 버림으로써 멋있어지는 것이다.

쿨하다는 건 티 내지 않고 남을 이롭게 하고 그 자리를 떠나버리는 거다. 떠남으로써 없는 그 자리에 여운과 향기가 오래도록 남아 있는 것이다.

쿨하다는 건 잘난 척해도 되는 일을 하고도 그냥 모른 척 넘어가는 것이다. 칭찬에 대해 애초부터 관심이 없는 사람처럼 박수도 달가워하지 않는 것이다.

쿨하다는 건 많은 사람들이 성공과 돈에 목을 매고 있는 일에 달려들어 나도 끼워달라고 애원하지 않는 것이다.

쿨하다는 건 그냥 자기 길만을 가는 것이다.

쿨하다는 건 도와주고도 자기 이익 때문에 그랬다고 엉뚱한 이야기를 하는 것이다.

쿨하다는 건 묵묵히 길을 가는 것이고, 이 이야기 저 이야기 주절거리지도, 투덜대면서 가지도 않는 것이다.

쿨하다는 건 끝까지 자기 이익을 건져내려고 바둥대지 않고 자기가 가질 분량만 챙기면 그 자리를 떠나는 것으로, 욕심과는 거리가 먼 것이다.

쿨하다는 건 작은 것보다는 좀 더 높고 큰 것을 생각하는 것이고, 양보를 좀 많이 하며 사는 것이다.

쿨하다는 건 보잘것없는 것 같이 보이는 자기 일을 묵묵히 열심히 하면서 그것에 만족하며 곁눈질하지 않고 사는 것이다.

좋은 일은 많지 않다

좋은 일이 별로 생기지 않는 게 인생이다. 그러니 사는 동안 어쩌다 좋은 일이 생기면 꼼꼼히 기록해 두고 수시로 리마인드하는 게 좋다. 좋은 일은 가뭄에 콩 나듯이 생기는 게 인생인데, 좋은 일이 생겼다는 건 얼마나 귀중한 일인가. 그런데 그 좋은 일을 잊어버린다는 건 또 얼마나 애석하고 안타까운 일인가. 조그마한 거라도 좋은 일이 생기면 잊어버리지 않게 꼭 기록해 두고 좋아하는 습관을 들여야 한다. 좋은 일은 인생에서 보약과 같은 사건이다. 보약은 엔도르핀이다. 그리고 좀 더 좋은 쪽으로 생각하는 습관을 들이면 새옹지마처럼 나쁜 일도 좋은 일로 변할 수 있기에, 좋은 일이 더 많이 생기게 될 것이다.

신념에 관하여

　신념이란 어떤 단어나 어떤 이미지를 마음속에 갖고 부단히 마음에 새기는 것이다. 신념을 갖는다는 건 어떤 단어나 마음에 드는 이미지를 매일 갖고 지내는 것이며, 매일 자신에게 각인시키는 것이다. 신념은 어떤 단어에 몰입하는 것이다. 왜냐하면 그 단어가 자기에게 중요한 것이며, 그 단어가 자기가 의지할 수 있는 것이기 때문이다. 신념은 자기가 지향하고자 하는 미래의 원초적 에너지와 같은 것이며, 그 중심에 어떤 단어가 존재한다. 매일 그 단어를 주문처럼 되새긴다. 신념을 가지려면 자기와 맞는 좋은 단어를 찾아야 하며, 그 단어를 마음속에 지니고 살아야 한다. 자신에게 맞는 단어는 매우 중요하다. 신념을 갖기 전에 단어를 찾아야 한다.

끝은 꼭 온다

계속 나빠져 가는 인생이라는 거대한 병을 이해하는 것이야말로 원숙하고 능숙하게 인생을 사는 방법이다. 몸이라는 기계가 계속 낡고 마모되어 결국 폐기 처분되는 것처럼, 우리에게 끝이 온다는 사실을 인식하고 그 사실에 따라 현재를 생각하는 것이 원숙한 인생의 경지다.

끝이 있다는 것은 궁극적인 휴식이 있다는 것이요, 행복이 있다는 것이다. '끝난다.'라는 것은 영원히 지속되지 않는다는 뜻이요, 지금의 행복에 의미를 부여해도 된다는 뜻이다. 끝이란 사람을 휴식에 들게 하고 안심하게 한다. 끝이 있음으로써 인생이란 시간 속에서 우리의 한계가 의미 있는 것이다. 또한 우리의 한계가 축복이며, 지금의 고통이 일시적이라는 사실이 증명되는 것이다. 우리는 고통과 함께 살지만, 끝이 있음으로써 축복으로 끝나게 되고 인생이 축제의 드라마가 되는 것이다. 끝은 희망이며, 인생의 에너지며 동기부여를 주는 어떤 우주적인 매듭이다. 끝을 기다리며 현재의 순간에 열정이라는 에너지를 충전하고 집중시키는 것, 그것이 인생이다. 그것이 이

알 수 없는 거대한 우주 속에서 인간으로 탄생하여 죽음으로 마감되는 우주의 시간의 섭리이다.

영웅이 될 확률

자신이 영웅이 아니라고 확신하고, 사는 걸 큰 숙제처럼 생각하거나 지나치게 큰 의미를 두고 살지 말라. 그냥 재미있게 시간을 보내면 된다. 본인에게 영웅심이 있다고 생각되면 조금 더 세속의 성공에 포커스를 두고 살면 된다. 영웅이 아닌 사람의 영웅심이 얼마나 부질없는 것인가를 언젠가는 깨닫게 된다. 단, 본인이 영웅이라고 생각되거나 영웅이 되려고 하는데 조금도 손색이 없다고 생각되면 적극적으로 살아야 한다. 스트레스도 매우 많이 받을 것이고, 그에 따라 넘어야 할 고비와 고충도 매우 클 것임을 각오하고 살아야 한다. 그러나 좋은 운을 갖고 태어나는 건 로또에 당첨되는 확률인 것처럼, 본인이 영웅이 될 확률도 매우 희박하다는 걸 명심하면서 자신에게 맞는 적당한 크기의 계획을 세워야 한다. 넘치는 것은 항상 미치지 못하

는 것보다 못하다. 자기 미래의 크기를 점쳐보는 것은 매우 중
요한 일이다.

***

교통사고로 딸을 잃은 후 신을 원망하며 불행이 왜 자신
에게 찾아왔는지 물었다.

그러다가 '많은 이들이 불행을 겪고 나서도 뚜벅뚜벅 하
루를 산다. 불행을 겪는 사람이 나서서는 안 되는가?'라
는 생각을 하고나서야 신과 화해했다.

_ 조 바이든(Joe Biden, 1942-)

인생 반전의 묘미

괴롭다는 건 살아있다는 증거다. 밟으면 지렁이도 꿈틀거리
는 판에, 산 사람도 마음이 헝클어지는 건 당연지사다. 괴로운
건 아쉽고 아픈 일이지만, 또 낙생어우樂生於憂라는 말이 있지
않은가. '즐거움은 걱정하는 가운데서 탄생한다.'는 뜻이다, 즐

거움도 그냥 얻어지는 게 아니라, 걱정하고 괴로워하는 와중에 얻어지는 것이라는 사실에 포커스를 맞추고 살라. 걱정 속에서도 그 걱정의 끝에 희망이 있다는 신념을 가지면 결국 이겨내지 않겠는가. 이런 반대의 개념이 서로 엉키어 새로운 긍정을 낳는 게 인생의 미묘함이고 묘미이다. 오늘 이 순간에도 걱정하는 자신이 실망스러운 젊은이들에게 이런 반전의 흐름도 인생에는 존재한다는 사실을 알려주고 싶다.

75

보통 사람이 되는 것도 쉽지 않다

너무 잘살려고 하지 말라. 잘살았다고 세상에 회자되는 사람도 대중의 평가가 중구난방이고, 그 사람이 죽은 후에 잘 산 것과는 상반되는 숨겨진 추악한 행위가 밝혀지곤 한다. 이것은 무엇을 의미하는가. 잘사는 건 힘든 일일 뿐만 아니라 인생의 목표가 될 수 없다는 것이다. 너무 잘살려고 애쓰지 말고 대충 산다고 생각하는 게 보통 사람들이 유지해야 할 인생의 지혜이다. 보통사람이 잘 살려고 애쓰다보면 어느새 목표가 '영웅'이 되고 만다. 보통 사람은 어디까지나 보통 사람일 뿐 영웅이 목표가 되어서는 안 된다. 따라서 영웅이 목표가 되지 않도록 꾸준히 자신의 목표와 멘탈을 유지하는 것이 매우 중요하다. 더불어 보통 사람으로 사는 게 그리 쉬운 일이 아닌 것임을 깨달아야 한다.

76

가지 않은 길

스스로 먹고, 자고, 일하고, 쉬면서 하루하루 살아간다고 모두 자기의 길을 가는 것이 아니다. 자기의 길을 개척하고 있을 때 자기의 길을 가고 있는 것이지, 그냥 하루하루 독립적인 생활을 영위하고 있다고 해서 자기의 길을 가고 있는 것이 아니다. 사람들은 유행이다 뭐다 하여 남 하는 것을 다 따라 하며 살아간다. 유행을 따라가려고 안테나를 세우고 사는 생활을 하면서 그것을 강한 자아를 찾는 행위로 착각하며 사는 사람들이 많다. 이것은 자기의 길을 가는 것이 아니라 단지 유행이라는 남의 길을 따라가는 생활인 것이다. 자기의 길을 가는 인생이란 일단 남의 길에 관심을 갖지 않는 생활을 하는 사람이다. 남의 습관이나 남이 지향하는 것이 뭔지 끊임없이 들여다보는 사람들은 결국 남을 따라가게 되는데, 그것은 사실 남의 인생을 복사해서 살아가는 것이나 다름없다.

자기의 길을 가는 것은 그리 쉽지 않다. 왜냐하면 복사할 인생이 없기 때문이다. 복사할 인생이 없기 때문에 자기만의 독창적인 길을 가야하고, 자기의 길을 가는 순간 모험과 위험이 도사리고 있기 때문이다. 이 모험과 위험을 넘어서서 가는 인생이 자기의 길을 가는 인생이다. 이런 사람의 밑바닥에는 인생길을 창조적으로 기획하려는 열정이 가득 차 있다. 자기의 길을 가는 인생은 창조적인 열정이 기본이요, 에너지다. 이 에너지가 없으면 결코 자기의 길을 가지 못한다. '왜 자기의 길을 가야 하는가?'라는 물음에 대한 답 중 하나는 '가지 않아도 된다.'이다. 또 하나의 답은 '한 번 사는 인생을 독창적으로 살고 싶은 열정으로 가득 찬 사람은 가지 않아도 되는 길을 가라.'이다. 모두에게 자기의 길을 가라고 강요할 수는 없다. 그러나 그런 길도 있다는 점을 알아야 한다.

겸허한 인생

겸손하게 산다는 것은 남에게 자신을 낮추는 의미도 있지만, 자신의 인생길에서 어떠한 일이 닥쳐도 실망하거나 분노하지 않고 겸허하게 받아들인다는 의미도 있다. 인생에는 얼마나 많은 변수를 동반하는가. 이런 변화무쌍하고 한 치 앞도 내다볼 수 없는 인생에서 어떠한 보장도 받지 않고 살아갈 수밖에 없으며, 안 좋은 상황이나 불행이 닥치는 것은 비일비재하다. 이럴 때 마음을 침잠시켜 가다듬고, 불행이나 나쁜 상황에 당당히 맞서면서도 그것을 받아들이는 자세가 겸허하고 겸손한 자세인 것이다. 이런 자세가 바로 이 난해한 인생이 우리에게 요구하는 것이다. 이 요구를 묵묵히 받아들이고 걸어 나가는 것, 이런 겸손한 태도야말로 인생을 대하는 당당한 자세이다.

꿈과의 타협

인생이란 자기에게 닥치는 상황과 자신의 능력, 꿈과의 타협점을 끊임없이 찾아가는 것이다. 당면한 상황을 어떻게 타개해 나가느냐에 대해 궁리하고, 아이디어를 개발하고, 작전과 전략을 짜는 것이다. 어떤 사람들은 창의적인 아이디어를 내어과감하게 실천하여 성공적인 국면으로 전환시키고, 어떤 사람들은 계책을 세우지 못하고 그 상황에 휩쓸려 떠내려간다. 어떤 사람들은 상황과 자신의 능력과 한계의 타협점을 설정하여닥친 상황을 이기지도 못하지만, 휩쓸리지도 않으면서 상황을타개해 나간다. 각자의 상황에 맞게 조정해 나가는 것, 그것이각자의 역량이다.

조용한 인생 포기하기

살면서 끊임없이 일어나는 안 좋은 것들, 의미 없는 실수, 혼란스러움, 슬픔, 분노 모두 그 자체가 인생이다. 그것들에 대해 괴로워한다는 건 인생을 우습게 보고 있는 것이다. 인생은 인간이란 불완전한 미완성 제품과 예측 불가의 거대한 자연 및 세상과의 싸움이다. 고로 내가 지나치게 긴 시간 동안 괴로워하는 건 그만큼 인생을 제대로 파악하지 못하고 얕보고 있는 것이나 다름없다. 조용한 날을 기대하지 않고 사는 게 잘사는 인생이다. 혼돈 속에서도 끊임없이 혼돈을 포용하려는 것, 그것이 잘사는 인생이다.

인생과 회전초밥

30대는 30대, 40대는 40대, 50대는 50대라는 회전 초밥집

같은 컨베이어벨트 위에서 그 나이에 느끼는 인생 경험과 노화 증세에 대해 이야기를 나누며, 전 세대가 간 자리를 따라서 이동하는 것과 같은 게 인생이다. 또한 이미 멀리 가서 죽음이 얼마 남지 않은 세대들이 일정한 거리를 두고 다음 세대들이 자신들을 따라오는 모습을 신기하게 바라보고 있는 게 인생이다. 모두가 한 방향으로 가게 됨에 따라 멈출 수 없으며, 모두가 전 세대의 이야기와 비슷한 인생 이야기를 하면서 나아간다. 어떤 이는 자신만의 그림을 열심히 그리려 발버둥치고, 어떤 이는 남의 그림을 열심히 베낀다. 어떤 이는 무관심하게 죽음으로 향하고, 어떤 이는 인생을 분석하며 어떤 의미가 있는지 조사한다. 어떤 이는 남에게 피해를 잔뜩 입힌 채 가버리기도 하고, 어떤 이는 중간에 스스로 내리기도 한다. 수많은 인간 군상으로 가득 차 복잡하고 왁자지껄한 게 인생이다. 결코 조용하지 않은 세상, 야단법석, 난장판이 인간세상이다.

한 개의 깨달음, 한 걸음의 전진

고뇌 끝에 창의적인 돌파구가 나온다. 매일 번뇌가 생김에 괴로워하기보다 한 개의 깨달음으로 또 한 걸음 전진함을 기뻐하라. 잡념이나 불안은 여유가 있어 오는 것, 한층 더 치열하게 살면 잡념과 불안이 헤집고 들어올 틈이 없다. 어쩌면 잡념이나 불안이 있다는 것은 아직도 여유가 있고 배부르다는 증거인지도 모른다.

삶과 죽음의 통합-무無에 대한 단상

노후에는 삶에서 좀 떨어져 나와 흙으로 돌아갈 준비를 해야 한다. 흙은 무無를 의미한다. 결국 없는 상태로 돌아간다는 말이다. 흙으로 돌아갈 준비를 한다는 뜻은 무無에 대하여 성찰해야 한다는 뜻이 된다. 무無라는 것은 없는 것이고, 지금 보이고 느끼는 것을 없는 것이나 다름없게 생각한다는 뜻이요, 지금 있는 것에서 없는 의미를 찾는 것이다. 지금 있는 것에서 없는 의미를 찾는다는 것은, 지금 보이고 느끼는 관점에서 나와 삶에서만 바라보지 않고 삶과 죽음의 통합적 입장에서 바라본다는 뜻이다.

인생을 삶에만 매몰되어 바라보면 사람들이 생각하고 유행시키는 것만이 지고의 가치가 있는 것으로 착각하며 살게 되지만, 삶과 죽음의 통합된 입장에서 바라보면 너무나도 작은 것들에게 가치를 두며 사는 삶이 된다. 노후에 이르러 죽음을 앞둔 사람이라면 이제 죽음의 입장도 좀 더 가깝게 생각하여 삶을 죽는 존재로서도 생각해 볼 수 있는 넓고 깊은 마음을 가져야 한다. 노인들이 그렇게 생각해야 젊은 세대들에게도 여유와 성찰을 하면서 인생을 살아가게 하는 진지함을 전해줄 수 있다.

내 탓 아니고 환경 탓

세상살이 헤쳐 나가기 힘들어도 자신 탓이 아니다. 알고 보면 모두 환경과 기후 탓이다. 자신이 빚어낸 실수라고 생각하지 말라. 세상 환경과 기후로 대표되는 자연의 힘 앞에 일개 개인의 힘이란 보잘것없는 것, 인간세계에서 버둥대고 있다고 해서 인간의 일이라고만 생각하지 말라. 모두가 자연의 힘에 지배되는 일이다. 그래서 운명이라 하지 않는가. 자신을 책망하지 말고 세상 환경과 기후 같은 외부요인 탓임을 깨달아라. 잘 안 풀리는 일이 있어도 자책하지 말자. 무슨 일에서든 자신의 실수를 추궁하며 자신을 나무라지 말고 세상의 환경 탓으로 돌려라. 그래야 '나'를 보전할 수 있다. '나'를 보전하는 것이 인생의 책무이기도 하기 때문이다.

인생은 장난감 병정게임

인생은 게임일 뿐이다. 인생을 게임이라고 생각할 때 여러 삶의 고비의 순간에 이 게임 의식으로 고난을 너무 괴로워하지 않으면서 넘길 수 있다. 그 어려운 순간을 담담하고 냉철하게 넘길 수 있다. 그러나 인생을 단순히 고요히 흘러가는 시간이라고 생각하면 우리는 삶의 고비의 순간마다 괴로워하게 된다. 왜냐하면 게임이라는 건 승자와 패자가 있는 것이고, 승자와 패자가 생기는 것은 게임에서 너무나 자연스러운 결과물이기 때문이다. 인생을 게임이라고 생각하는 순간, 지더라도 그렇게 괴로워할 필요가 없다. 그러나 인생에 대한 게임 의식이 없는 경우에는 인생이 마치 자신에게 유리하게 돌아가는 시간으로 잘못 생각하게 된다. 그렇게 생각하는 만큼 삶의 고비의 순간에 이성을 잃고 엄청난 괴로움으로 망연자실하게 되는 것이다.

인생이 게임이라는 인식은 인생을 담담하게 볼 수 있기 때문에 자신에 대해서도 냉정을 유지할 수 있는 장점이 있다. 우리는 작은 존재다. 그리고 작은 존재라는 걸 인식할 때 우리의 괴로움도 작은 존재 속의 작은 괴로움으로 축소된다. 하지만 게임 의식이 없으면 자신은 제법 큰 존재로 작용하고, 자신 안의 괴로움도 큰 괴로움으로 확대되고 만다.

우리는 신의 보잘것없는 꼭두각시이며, '잠깐 보이다가 사라지는 안개' 같은 존재이다. 자신을 키우면 자신 안의 괴로움도 커지고, 자신을 축소시키면 자신 안의 괴로움도 작아진다.

인생이란 조물주가 창조한 인간들이 장난감 놀이의 장난감 병정들처럼 서로 변화무쌍한 게임을 하다가 사라지고, 다음 세대들이 그 게임을 이어 나가는 것이다. 인생을 게임이라고 인식할 때 우리의 의미와 우리의 인생시간과 행위의 의미와 우리의 생성과 소멸에 의미 부여를 할 수 있게 된다. 인생에 의미 부여를 할 수 있는 도구가 생기면 그때부터 우리는 자못 자유롭고 마음 가볍게 살아가게 된다.

85

고뇌-살아있다는 증거

동물들은 끊임없이 주위를 살피며 먹이를 먹는다. 먹이가 제대로 소화될까?' 하는 의문이 들 정도다. 다른 동물들이 달려들지나 않는지 끊임없이 주위를 살피며 먹는 동물들을 보면 좀 안쓰러운 생각이 든다. 저렇게까지 주변을 살펴야 하나 하고. 그러나 그들의 숙명이다.

사람도 마찬가지다. 사람은 살아가면서 끊임없이 고뇌에 시달린다. 동물들이 끊임없이 주위를 살피며 힘들게 먹이를 먹는 것처럼, 사람들도 끊임없이 걱정거리와 싸우느라 애를 쓴다.

이 비슷한 모습을 보면서 우리 인간이 고뇌하는 것을 당연한 숙명으로 여길 수 있고, 걱정하고 고민하는 행위가 바로 삶이요, 살아있다는 증거로 받아들여야 한다는 생각이 든다. 사람이 동물과 다르다고 하지만, 사람 역시 동물 중 한 종種일뿐이다. 따라서 우리의 동물적인 요소들을 긍정적으로 받아들이면 많은 고민을 덜 수 있게 된다.

제2장

술콘(술기로운 꼰대)/건강

1

슬콘은 쿨한 인간이다

슬기로운 꼰대생활은 실험정신으로 가득한 생활이다. 슬기로운 꼰대정신이란 실험하는 정신이며, 활기차고 역동적이며 모험도 불사하는 정신이다. '슬콘은 겁먹지 않으며 지치지 않는다.'

슬콘은 힘은 떨어지지만, 지구력은 강하다.

슬콘은 결코 기죽지 않는다. 다만 지치지 않고 전진하다가 사라져 갈 뿐이다.

슬콘은 두려워하지 않는다. 왜냐하면 마음을 비웠기 때문이다.

꼰대정신은 왁자지껄 흰소리 치는 사람들 속에 있지 않다.

꼰대정신은 혼자 기울이는 술잔 속에 있다.

슬콘은 침잠 속에서 모든 것을 관조하는 인생 평론가이며 노인 전략가다.

슬콘은 인생 수완가이며 인생 의미의 정리가다.

슬콘은 육체는 늙었지만, 정신은 시간이 흐를수록 빛난다.

마음을 비우면 빛이 나고, 매사에 용기 있는 자가 되며, 생활이 쿨하게 된다. 슬콘이야말로 갖출 걸 다 갖춘 제대로 된 인간이다. 사춘기의 혼돈도 없고, 젊은이의 미숙함도 없고, 중년의 갈팡질팡도 없다. 그는 죽기 전에 마지막으로 어떤 삶을 보이고 가야 할지를 아는 쿨한 인간이다. 인생의 가장 절정기에 도달한 인간이다. 그는 미와 욕망과 세속과 탐닉을 초월한 인간이다. 슬콘은 슬픔도. 미련도. 숙제도 없는 인간이어서 미래가 없는 사람처럼 살고, 미래를 무시하며 사는 인간이다.

2

삶을 단순화하라

슬콘은 삶을 단순화하고 공식으로 만들어 사는 걸 즐기는 인간이다. 어떤 상황을 제시하거나 부딪치게 되면 고민을 많이 하지 않고, 바로 상황을 단순화하거나 공식을 바로 내놓는다. 한 개인이 삶에서 어떤 결정을 하는 것을 보면, 자신이 기존에 한 결정보다 그렇게 엄청나거나 엉뚱하지 않다. 그 점을 감안하여 복잡한 상황이 발생하더라도 상황을 단순화하여 자기의 공식 속에 집어넣는다. 그리고 정리하여 결정을 내린다. 이렇게 하면 매사에 쓸데없는 고민을 줄이게 된다. 어차피 결정이란 오랜 시간에 걸쳐 그 한계가 정해지는 것이기 때문에 자신의 체질에 맞는 공식을 생성시킬 수 있다. 설사 그 공식이 부족하고 모자랄지라도, 그렇게 결정을 내리는 것이 자신의 체질에 맞아 떨어지는 법이다. 그것이 한 개인의 운명 공식 또는 한계 공식이다. 어차피 자신의 한계 안에서 내리게 되는 결정이기에, 공식 속에 넣으면 결정하는 데까지 쓸데없는 시간을 허비하지 않고 살아갈 수 있다.

3
슬콘은 기발한 아이디어 창조자이다

기발한 아이디어로 사는 사람이 슬기로운 꼰대다. 슬콘은 기발한 아이디어의 열광자이며, 창조적인 아이디어 개발의 열렬한 마니아다. 슬기로운 꼰대생활이란 아이디어로 충만한 생활이며, 매일매일 슬기로운 꼰대생활을 창조하기 위한 아이디어 개발에 쉼 없이 열중하는 생활이다. 슬기로운 꼰대는 생활

아이디어 창조를 위해서 상상의 나래를 펴기도 하고, 아이디어를 실험하기 위해서 직접 아이디어를 생활에 적용시켜 보기도 하면서 많은 시간을 투여한다. 슬기로운 꼰대생활은 끊임없는 창조 생활이자 개발 작업이며. 시간투자 생활이다. 슬콘은 항상 바쁘다. 창조하기 위해 오늘도 초현실주의 그림처럼 날아다닌다.

4

슬콘은 '네오꼰대'다

슬기로운 꼰대는 항상 새로운 것과 새로운 분야, 새로운 형식과 타입이 있다는 걸 알려주고 제시하는 사람이다

슬기로운 꼰대는 열려 있는 사람이며 새로운 생활의 개척자이다.

슬기로운 꼰대는 수구골통이 아니라 '네오꼰대'다. 젊은 사람만이 신세대가 아니다. 네오꼰대야말로 새로운 노인 신세대이다.

5

슬기로운 꼰대슬콘는 기부에 열정적이다

슬콘은 기부천사다.

슬콘은 선행을 베푸는 사람이며, 지갑을 여는 데 주저함이 없는 노인이다. 남에게 돈을 쓰는 데 주저함이 없는 노인이 진정 슬기롭게 사는 꼰대다.

슬기로운 꼰대슬콘은 퍼주는 사람이며, 남에게 돈을 쓰는 일에 쾌감을 느끼는 노인이다.

6

책에 없는 인생장르가 있다

슬콘은 책이나 강의에서 읽고 듣는 목록 이외의 장르를 끊임없이 개발하는 자이다. 슬콘은 책에서 발견하지 못하는 장르를 가진 자다. 그는 행동으로 자기의 독특한 장르를 보여준다. 책에 없는 장르가 있다. 그곳에 슬기로운 꼰대가 있다.

슬콘은 지구력의 화신이다

나이가 들면 몸뚱이가 말을 안 듣고 실수하는 일이 잦아지게 된다. 이에 실망하거나 좌절하지 말라.

슬콘은 자신의 '인체기계'가 잘 작동하지 않는다고 해서 결코 좌절하지 않는다.

슬콘은 기계의 한계를 잘 이해하고 있기 때문에 기계를 책망하지 않는다.

슬콘은 자기의 몸뚱이가 노쇠해 가는 것에 적응하려고 노력하지, 노쇠를 거슬러 과거의 몸뚱이로 되돌리려 애쓰지 않는다.

슬콘은 노화되어 가는 몸뚱이를 받아들인다.

슬콘의 목표는 과거의 쌩쌩하고 젊은 몸뚱이가 아니라, 오래 사용해서 더욱 노련해진 몸뚱이다. 노인은 박력은 떨어지지만 노련하다. 박력은 시간이 갈수록 힘이 떨어지지만, 노련함은 시간이 갈수록 한층 원숙해진다.

인생 상처의 미학

상처투성이의 인생이 미학적으로는 가장 멋진 인생이다. 슬콘은 미학적으로 가장 최고조에 다다른 인생이다. 상처 입은 자의 가장 큰 매력은 다른 사람에게 인생의 여러 고통스런 고비에 대해 실제적이고 경험에 입각한 조언을 해줄 수 있다는 것이다. 그리고 그 고비를 넘으면서 입은 상처야말로 그들이 조언해 줄 수 있는 자격이 된다는 증명이다. 상처의 미학이야말로 바로 진정한 인생 경험자의 인생 미학이다. 인생이 특이한 것은 상처의 미학과 성공 스토리의 두 분야가 많이 겹친다는 점이다. 상처가 미학으로 승화될 때, 인생의 고통에 대한 인내와 깨달음도 이루어진다.

슬기로운 꼰대는 상처가 있기 때문에 인생살이의 경험을 말할 수 있으며, 많은 미래를 가진 젊은이들에게 호소력 있는 비전을 제시해 줄 수 있다. 그들은 거침이 없고 든든한 사람들이다. 그들에게 상처가 있기 때문에 믿음을 가질 수 있는 것이다.

상상하는 사람이 젊게 사는 사람이다

재미있는 사람보다 재미있는 계획을 많이 갖고 있고 많이 개발하는 사람이 슬콘이다. 슬콘은 일상이 재미있고 창의적인 계획으로 가득하다. 가만히 있어도 신나는 계획 짜기로 시간 가는 줄 모른다. 이것이 진짜 슬콘이다. 항상 신나는 계획과 상상으로 일상이 가득한 사람이 슬콘이다.

슬콘의 마음이 젊은 것은 아직도 상상하기 때문이고, 상상의 중요성을 알며, 모든 창의가 상상으로 시작되고, 노년에도 창의와 상상은 계속되어야 한다는 것을 믿기 때문이다. 넘치는 상상력, 이것이 슬콘의 힘이고 젊음이다.

꼰대는 양보를 좋아하지 않는다

꼰대는 걸어갈 때 사람을 피하지 않는다. 꼰대는 오로지 자기가 가는 방향을 고수한다. 이게 꼰대의 모습이다. 꼰대는 자기만 생각한다. 꼰대는 잃는 게 너무 두렵다. 꼰대는 이기는 것만을 안다. 꼰대는 주위를 돌아보지 않는다.

왜 그렇게 되었을까? 오랜 세월 살아오면서 너무 피해를 많이 당해서일까, 자기 것을 고수하지 않다가 손해를 본 적이 많아서일까. 알 수 없지만 안타까운 일이다. 꼰대는 길에서나 산에서나 여전히 길을 비켜주지 않는다. 꼰대는 양보를 극도로 싫어하고 피곤해한다. 슬기로운 꼰대가 되려면 일단은 꼰대에서 벗어나야 한다. 그러려면 일단 양보를 많이 해야 한다.

이판사판으로 살아라

　노인은 이판사판으로 살아야 한다. 젊을 때처럼 목표를 갖고 바라는 게 많은 그런 생활과는 달라야 한다. 안 좋은 상황을 대할 때나, 고민이 생겼을 때나 극복하는 길은 이판사판이다.

　노인은 황혼이지만 그래도 여전히 삶은 팍팍하다. 이런 팍팍한 삶을 헤쳐 나가는 방법은 이판사판 전략이다. 이판사판 산다는 것은 마음을 비우고 자신을 버리는 것이다. 이판사판 사람이란 어떻게 되어도 좋다는 철저한 마음 비우기요 자신 버리기다. 이판사판은 자신을 버려버리는 것이다. 이판사판은 용기다. 이판사판은 미래의 강박을 밀어낸다. 이판사판은 정말 젊음이다. 이판사판은 이타심이다. 이판사판은 강력한 롤모델이다. 이판사판을 실천하면서 사는 것, 그것이 슬콘의 삶이요, 철학이다.

12

이승에서 작은 업적이라도 남기고 떠나라

인생이란 곳은 한번 가면 다시 못 오는 장소를 보고 다니며 생활하는 곳이다. 자신이 떠나고 난 자리에 남는 것은 자신에 대한 기억과 업적이다. 좋은 기억이든 안 좋은 기억이든 기억은 남는 것이며, 업적이 크든 작든 업적은 남는 것이다. 무엇을 남길 것인가는 본인이 정하는 것이다. 아무것도 남기지 않겠다면 그것 또한 본인의 선택이다. 안 좋은 기억이 남는 것에 대해 대수롭지 않게 생각하는 사람이 있을 수 있는 것이며, '업적을 남기는 게 무슨 대수인가?'라고 반문하는 사람도 있을 수 있다. 그건 자신들의 선택이다.

하지만 슬기로운 꼰대는 꼭 좋은 기억과 작은 업적을 남기는 것에 의미를 둔다.

슬콘은 작은 기억에 슬며시 미소 짓고 미련 없이 이승을 사라져 가는 자다.

정기적으로 고독감을 즐겨라

때로는 번잡한 여러 모임으로부터 잠시 떨어져 나와 고독감을 느끼는 것도 필요하다. 발명가나 예술가들이 그들만의 고독한 공간을 갖고 창조적인 작품을 만들 듯이, 고독감을 느낄 수 있는 장소가 창의적인 인생의 작업실이다 고독을 잘 사용하는 사람이 진정 청년 같은 슬콘이다.

강한 사람이란 가장 훌륭하게 고독을 견디어 낸 사람이다.

_ 프리드리히 실러(1759-1805)

고독은 방문하기엔 좋은 장소이나 머물러 있기엔 쓸쓸한 장소다.

_ 버나드 쇼(1856-1950)

슬콘은 울지 않는다

꿰매지 않고 반창고만 붙이면 되는 그런 상처는 가족이나 주위에 알릴 필요가 없다. 슬픔이나 괴로움이란 소위 '둘이 나누면 반'이 되는 게 아니라, 두 배가 되는 것이 살아오면서 깨달은 개인적인 진리이다!

웬만한 상처는 그냥 가지고 가는 게 인생이다. 상처와 흉터도 다 훈장이다. 실제로는 상처가 많은 사람인데도 웃고 다니는 사람이 멋진 거다. 상처를 있는 대로 내보이면서 울고 다니는 건 슬기로운 일이 아니다. 그저 하소연이나 하는 '늙은 아기'가 되어 버리는 것이다. 슬콘은 통증을 잘 참고 통증이 별것 아닌 것처럼 하고 다닌다. 슬콘은 아파도 잘 참는다. 아픔을 결코 내색하지 않는다. 그래서 멋있다. 울고 다니지 않기 때문에 진정한 어른이다.

15

느리게 가야 노년의 사고를 줄인다

늙으면 인체 기계시스템이 말을 잘 안 듣는다. 뇌와 마음
도 받아들이기 어렵다. 기계시스템은 신속하게 작동하지 않는
데, 늙은 꼴?에 일 동작을 빠르고 정확하게 하려고 든다. 그러
다 보면 사고가 난다. 실수가 생기고 다치게 된다. 이것이 노년
의 따로따로 노는 몸과 마음이다. 아마도 노년들이 다치는 사고
는 대부분 이런 부조화 때문에 생긴다고 봐야 한다. 그러니 마
음먹은 것보다 쉬엄쉬엄 여유 있고 느리게 행동하는 습관을 길
러야 한다. 이것이 노년의 사고를 줄이는 비결이다. 결국 느리
게 가야 한다. 슬콘은 느리게 간다.

16

노인을 위한 나라는 없다

노인이라고 해서 안전지대가 존재하지 않는다. 시대가 바뀔

수록 노인이 설 자리는 더 좁아진다. 노인이라고 대접해주거나 봐주지도 않는다. 노인을 상대로 사기를 벌이는 인간말종들도 많다. 노인 스스로가 노인을 방어해야 하는 시대다. 노인 자신이 누구의 도움 없이 스스로 몸을 추스르고 방향을 바로 잡아 지뢰밭을 헤쳐 나가야 한다. 그러기 위해서는 단단히 마음을 먹어야 하고, 혼자서 할 수 있는 독립정신과 체력을 키워나가야 한다. 슬기로운 꼰대는 독립정신이 강한 자이며, 늙어서도 체력을 항상 연마하는 자이다.

노인 특유의 장르를 개발하라

안 좋은 상황에 직면했을 때 노인 특유의 장르를 개발해야 한다. 위기나, 깊은 슬픔이나 곤경에 처했을 때, 인생 경험이 풍부한 노인은 젊은 사람들과는 다른 대처 방법이나 자세를 보여야 한다. 침착하게 대처해야 하고, 흔들리지 말아야 하며, 불안에 떨거나 약한 모습을 보여서도 안 된다.

강한 모습을 보여야 한다. 물리적인 강함이 아니라 지략과 같이 현명하면서도 침착한 전략을 구사할 줄 알아야 한다.

수완을 가지고 여생이 얼마 남지 않은 자의 이판사판 같은 내면의 강인함이 받쳐주어야 한다. 어떤 걸 잃지 말아야 하며, 어떤 걸 포기해야 하는지를 간파해야 한다. 이것이 노인 특유의 장르이며, 외유내강의 정신과 변화무쌍하게 대처하는 천변만화의 수완이 겸비되는 장르인 것이다. 마구 기뻐하지도, 마구 슬퍼하지도, 마구 절망하지도 말아야 한다. 그러나 슬기로운 꼰대는 헛되게 기대하지도 않고, 평온하면서도 유연하게, 현실적이면서도 전략적인 장르를 끊임없이 개발하고 있어야 한다.

18
노년을 청춘으로 만드는 연금술

내 방식으로 내 역량에 맞고 내 운에 맞으며, 어떻게 삶을 조정하고 디자인해 나아가느냐가 언제나 화두이다. 다른 예를 너무 살피다 보면 내 방식을 잃어버리게 되고, 내 역량을 무시하면 너무 큰 목표를 갖게 되고, 운이라는 바람이 불어주지 않으면 내 역량이 아무리 좋아도 이룰 수 없는 게 인생이다.

자기 역량과 방식과 자기의 운이 어느 정도인지 꼰대 나이에는 짐작하게 된다. 자기 자신을 대략 짐작하고 그것에 걸맞은 생활과 인생방식을 설정하는 게 슬기로운 자세다. 욕심도 버려야 하고, 목표도 내려놔야 하는 게 지혜로운 노년을 사는 지름길이다. 내려놓는 것도 창의적인 것이다. 언제나 노년에도 창의성을 잃어서는 안 된다.

19

한계를 깨달으면 완성되는 것

나이 60이 되면 자신의 한계가 이미 다 드러난다. 특히 성격의 한계가 다 드러나게 되는데, 드러난다는 건 고칠 수 없다는 말과 동의어다. 고칠 수 없다는 건 또한 고쳐달라고 주문할 필요가 없다는 말이다. 주위의 가족들, 친구들, 그 밖의 여러 사람들에게 고쳐달라고 하지 말라는 말이다.

한계를 안다는 것이야말로 자신의 페이스대로 뭔가를 할 수 있는 기초가 된다. 자신의 페이스란 관계의 페이스요, 상대방에 대한 기대치의 조절 페이스를 의미한다. 자신의 한계를 알아야 한다는 건 고칠 수 없는 성격의 한계를 안다는 것이다 상대방의 한계를 인식할 때 상대방에게 무리한 성격 교정을 요구하지 않을 수 있음으로써 원만한 관계를 유지할 수 있다. 또한 자신의 한계를 알 때 무리하게 자신에게 '푸시'함으로써 빚어지는 스트레스를 줄일 수 있다. 이 모든 한계 인식을 알고 실천할 때 '관계의 행복과 평화'가 얻어진다. 이걸 아는 슬콘은 무리하지 않는 사람이며, 무리한 요구를 하지 않는 사람이다.

20

많은 친구를 사귀는 것은
무리하고 있는 것이다

노년에 친구를 많이 사귀어야 한다고들 난리다. 과연 모두에게 맞는 말일까? 답은 그렇지 않다. 사람마다 친구를 사귀는 것도 즐거움 지수라고나 할까, 긴장 지수라고나 할까, 어떤 사람은 친구를 사귀는 것이 스트레스 지수가 높고, 또 어떤 사람은 친구를 사귀는 것이 즐거움 지수가 높다. 어떤 친구는 스트레스를 많이 주고, 어떤 친구는 어떤 사람에게는 즐거움이 많이 되는 것을 보면 이해할 수 있다.

무조건 '친구는 좋은 것이고 우정도 좋은 것이니 친구를 많이 사귀어라.'라고 말하는 것은 전혀 각자의 특수성을 고려한 조언이 아니다. 이렇게 세상에 떠도는 말들은 각 개인에게 전혀 도움이 안 되는 말이 대부분이다. 조언은 홍수 같은데 대체 쓸모가 없는 조언밖에 없다는 말이 나올 법한 것이다.

제발 이제는 '친구를 많이 사귀어라. 많은 사람과 만나라. 새로운 친구를 많이 사귀어라.' 같은 틀에 박힌 조언은 삼갔으면 한다. 사람이 나빠서 그런 것이 아니라 스트레스를 주는 비율이 높은 친구가 있다. 이런 친구는 이제껏 사귀어왔다고 해서 계속 사귈 것이 아니라, 관계를 끊는 것이 정신건강에 좋다는 조언이 진실 되고 창의적인 조언이다. 세상에는 맞지 않는 사람들이 있는 법. 엄연히 그런 진실이 있는 것을 외면하면, 노년에 스트레스를 전혀 줄이지 못하고 살다 죽게 된다. 친구는 양이 아니고 질이다. 친구의 수에 집착해서 살지 말고 친구와의 진실 되고 편안한 관계의 질로 우정과 친구에 대해 생각하는 실리가 필요하다. 이런 깨달음이 중요한 것이 아니다. 그것에 부응하는 실제적이고 창의적인 각자의 길에 대한 모색이 중요하다. 슬콘은 이것을 깨우치고 행하는 자다.

새로운 발상이 슬콘의 근육이다

　새로움을 모색하는 것, 이것이 꼰대를 극복하는 길이다. 예전 꼰대시절과는 다른 새로운 방식, 새로운 묘안, 새로운 대책, 발상의 전환, 창의적인 접근 태도, 이런 것들이 슬콘이 가져야 할 도구들이다. 새로움 없이 슬기로움은 없다. 새롭지도 않으면서 젊기만 하다고 꼰대를 벗어날 수 있는 게 아니다. 마음이 젊어야 한다. 마음이 창의적이어야 젊은 것이다. 만약 꼰대가 젊게 생각하고 새로운 길에 열정적이라면, 젊은 사람들은 얼마나 감동을 하겠는가. 바로 이게 슬콘의 길이고 슬콘의 임무이다.

　젊은 사람들을 놀라게 해야 한다. 그 정도는 되어야 슬콘이라고 부를 수 있다. 운동으로 근육 키우고, 악기 좀 다룬다고 해서 꼰대를 벗어나는 게 아니다. 슬콘은 새로운 발상을 가진 사람으로 거듭 태어나는 꼰대를 말한다.

3 'ㅈ' – 주접, 진상, 주책

주접떨고, 주책부리고, 진상 떨면 완전 꼰대다. 그러지 않으려면 말을 많이 하지 않아야 한다. 자기주장을 많이 하지 않아야 하고, 남에게 양보를 요구하지 않아야 한다. 그리고 수시로 자기와 자기가 하는 짓을 살피고 반성해야 한다. 자기권리만 주장하다 남에게 눈총 받고 남을 의식하지 않고 무조건 남에게 양보만 받아내려 하고, 자기 일에만 눈이 어두워 도움이란 단어를 모르고 사는 사람이 참 안타깝다. 문제는 이런 사람들이 다음 세대에게도 별 개념 없이 살아도 되는구나 하는 잘못된 확신을 심어주지나 않을까 하는 것이 가장 두렵다.

슬콘은 세대를 이어주는 조언 전달자다

청년과 노인, 어린이와 학생들, 같은 대지를 딛고 같은 공간

속에서 활동할 뿐 사실 서로 다른 시간 속을 움직이고 있다. 각자 배정받은 시간이 다르며, 각자 마감하는 생의 시간이 다르다.

함께 이야기하면서 걸어가고 있지만, 사실은 다른 시간 속의 혹성에서 사는 사람이나 마찬가지다. 각자의 시계가 다르다. 서로의 시간이 다르기 때문에 서로가 엄청난 시간의 낭떠러지를 사이에 두고 바라보고 있는 것이다. 신비한 세계다. 같이 보고 같이 살고 있지만, 각자가 각자의 시간을 걸어가고 있는 것이다. 이것이 인간 세계다.

시간을 먼저 얻어 쓴 사람은 정해진 시간이 다하면 사라지고, 시간을 나중에 얻어 태어난 사람은 늦게 사라지고, 지금 시간을 얻은 아이들은 아주 늦게 사라지게 된다. 서로 다른 시간을 얻어 가지고 살아가는 사람들이 모여 있는 것이 인간세계다. 이 사람들끼리의 유일한 공유란 먼저 시간을 얻어서 먼저 경험한 사람들이 전해주는 조언이다. 이 조언의 축적이 풍부할수록 그 사회가 살기가 수월하다. 슬콘은 먼저 시간을 얻은 사람들이요, 그들이 해야 할 일은 조언의 축적이요, 조언의 전수다.

멋진 노년에 주눅 들지 말기

이전 생활의 노예가 되어서는 안 된다. 이전의 생활방식과 생활습관의 관성이 계속되어서는 안 된다. 이전 생활의 관성을 경계해야 한다. 대부분 이 부분을 해결하지 못하기 때문에 새로운 노년을 만들지 못한다.

여기저기서 이렇게 저렇게 하여 새로운 노년을 만들라고 하지만, 사실 이전 생활의 관성을 극복하지 못하기 때문에, 이전 생활에서 약간 벗어나 보려고 몸부림쳐 보다가 죽음을 맞이하게 된다. 그만큼 새로운 노년이란 어려운 것이다.

이전에 살아왔던 방식을 무리하게 바꿀 필요가 있을까 하는 문제는 개인차가 있다. 오히려 방송이나, 강연, 책 등에서 이렇게 살아야 하는 것이 멋진 노년이라고 해봐야 괜히 주눅만 드는 노년이 되기 십상이다. 이전의 생활방식에서 벗어나고 싶은 사람은 새로운 생활을 설계하여 실천하고, 크게 벗어나고 싶지 않은 사람은 그냥 이전 생활의 연장선으로 노년을 살면 그만이다. 멋진 노년이라고 해봐야 죽기는 매한가지기 때문이다.

새로운 노년을 살고 싶은 꼰대에 관한 이야기를 하는 취지로 쓴 글이기에, 새로운 생활을 지향하는 쪽을 추천하고 있지만 사실 인생은 이렇게 살아도 되고 저렇게 살아도 된다. 꼰대들이여! 부디 부담 갖지 말고 살기 바랄 뿐이다.

25

꼰대와 슬콘

당신이 지금 말하는 것이 당신보다 5살이나 10살 많은 사람과 다른 게 없다면, 당신 스스로 젊게 살고 있다고 생각하더라도 당신은 분명 꼰대다. 당신이 지금 생각하는 것이 당신보다 5살 이상 더 많은 사람과 크게 다를 게 없고, 당신의 모습이 좀 젊게 보인다고 하더라도 당신은 꼰대다. 당신이 지금 관심을 갖는 것이 당신보다 5살 더 많은 사람과 같다면, 당신이 설사 젊은 여자와 사귄다고 하더라도 당신은 역시 꼰대다.

꼰대는 지나간 세대를 극복하려 들지 않고 그대로 답습하는 자이다. 슬기로운 꼰대는 지나간 세대를 극복하고 새로운 생각을 하려 드는 자이다. 꼰대는 창조적 인생이 뭔지 도대체

관심이 없는 사람이고, 슬콘은 옛날에 태어났지만 창의적 인생을 살려고 끊임없이 창조적 사고와 변화하는 성찰을 모토로 삼는 사람이다.

꼰대는 그저 꼰대일 뿐이고 젊은이에게

영감靈感을 줄 수 없는 그냥 영감이다. 슬콘은 젊은이에게

영감靈感을 줄 수 있는 사람이며, 젊은 영감이다. 꼰대가 많으면 나라가 과거에 집착하는 나라가 된다. 활기차고 새로운 미래를 열려면 슬기로운 꼰대가 많아야 한다. 그러니 더 늙기 전에 슬기로운 꼰대가 되기 위해 많이 노력해야 한다. 그리고 그 노력의 중심에는 항상 '창의적인 사고'가 자리하고 있어야 한다.

26

용기와 담력

앞으로 무슨 일이 생길지 모르는 게 인생의 미래이고 세상 일이다. 좋은 일이든 나쁜 일이든, 앞으로 어떻게 돌아갈지 모르는 게 인생이다. 지금 좋은 일이 있다고 안심해서도 안 되고, 지금 나쁜 일을 당했다고 해서 낙담할 필요는 없다. 인생이란

새옹지마 같은 것이기 때문이다.

한 치 앞을 내다볼 수 없는 속에서 과연 우리 슬기로운 꼰대들은 어떤 비전과 용기와 담력으로 미래를 향해 걸어 나갈까?

예측불허의 미래를 향해 씩씩하게 걸어 나가는 그 용기 있는 모습이 슬기로운 꼰대의 모습이다. 그리고 그런 강인함을 보여주고 사라져 가는 것이 인생의 의미이다. 당당한 슬콘의 모습에서 앞으로 더 살아야 하는 것임을 깨닫는 것이 인생의 의미이다.

이봐, 자네.
이거 해봤어?

_ 정주영(1915-2001)

27

현인을 수소문하다

세상은 혼돈과 혼란의 세계다. 우리는 이 카오스의 세계를 인내해야 한다. 진정한 현인이란 이 카오스의 세계를 이해하고 있는 사람이며, 그 혼돈 속에서 우리에게 어떻게 중심을 잡을 것인가와 어디로 가야 할지를 가르쳐 주는 사람이다. 현인은 방향을 제시하는 사람이며, 항상 혼돈을 염두에 두고 어떻게 생활을 해나가야 할지를 조언해 줄 수 있는 사람이다.

진정한 현인은 일상의 평화가 늘 이루어진다고 말하지 않으며, 언젠가 평화로운 세상이 올 거라는 예언을 하지 않는다. 현자는 있는 그대로의 혼돈 속에서 우리가 어떻게 걸어 나가야 할지를 알려주려고 하지, 우리가 고요한 평화의 세계로 들어가야 한다고 말하지 않는다.

세상은 항상 오리무중이고 예측불허하고, 야단법석이다. 그것이 우리가 숨을 쉬는 한, 보게 되는 변하지 않는 세상이다. 그러나 세상에 현인은 많지 않다. 글을 파는 현인은 많으나, 실제를 가르쳐 주는 현인은 많지 않다. 진짜 현인은 현인의 모습으로 오지 않는다. 작가, 철학가, 교육자의 모습보다는 예술가, 배우, 영화감독, 운동선수 등등으로 오는 것 같다.

28

슬콘이 산타크로스다

재미있고 맛있는 물품을 젊은이에게 나눠줘야 한다. 슬기로운 꼰대가 돈을 좀 써야 한다. 각자의 능력 선 안에서 젊은이들에게 산타의 선물을 주도록 노력해야 한다. 슬콘은 산타크로스가 되어야 한다. 산타처럼 주고 싶은 마음이 없으면 그냥 꼰대다.

슬기로운 꼰대는 슬그머니 슬기롭게 슬쩍 무엇인가를 젊은이에게 주어야 한다. 내 새끼만 알고 내 새끼한테만 주는 옛날 꼰대 말고, 남의 새끼에게도 주는 그런 슬콘이 되어야 한다. 거창한 기부는 소수의 아름다운 사람이 하는 것이고, 작고 재미있고 아기자기한 기부는 다수의 창의적인 소시민들이 하는 것이다. 어쨌든 주는 것은 뭐든 좋은 것이다. 작은 거라도 주려고 다가가야 한다. 결국 누구든 떠나지 않는가? 작은 거 하나라도 내 새끼를 위해 아끼고 있다가 가면 안 된다.

29

의미 없는 습관이 많으면
저절로 꼰대가 된다

　의미 없는 습관을 하나씩 줄여야 한다. 오랜 기간 인생을 살다 보면 습관이 만들어지는데, 그중에서 쓸데 없는 강박적인 습관도 같이 섞여 자리 잡게 된다. 아무 쓸데없는 습관은 시간 낭비이며, 감정 소비이며, 무엇보다도 남들에게 폐를 끼치는 경우가 많다. 꼰대일수록 이런 이해할 수 없는 쓸데없는 습관이 많으며, 대부분 이런 습관을 버리지 못하기 때문에 가족이나 친구들과도 원만한 관계를 유지하지 못하게 된다.

　자신의 습관을 유심히 살펴보면, 습관이었기 때문에 그것을 유지할 뿐 아무런 의미도 없는 행동들이 많음을 깨닫게 된다. 슬기로운 꼰대는 이런 습관을 버리려고 노력하는 사람이다. 강박관념 때문에 유지하고 있는 의미 없는 습관을 하나씩 버려야 한다. 그렇지 않으면 정말 강박적 습관의 노예가 되어 습관의 사슬을 감고 다니게 되는 어리석고 고집 센 노인꼰대가 되어버린다. 일생의 버릇이라 쉽지 않겠지만 하나씩 하나씩 아무 소용없는 버릇과 습관들을 버리도록 해야 한다.

30

식어서 좋은 게 노년이다

늙음이 젊음보다 항상 나쁜 것은 아니다. 늙어서 좋은 점도 많다. 젊을 때보다 숙제를 덜 해서 좋다. 젊음은 싱싱하고 활기차지만, 무엇보다 숙제가 많다는 것이 큰 약점이다. 늙어서는 숙제가 크게 없는 게 큰 장점이다. 물론 늙어서도 숙제를 머리에 이고 사는 사람들도 많지만, 그건 사서 고생하는 것이나 다름없다. 일생의 숙제를 지고 살아와서 없으면 왠지 허전해서 갖고 있는 숙제일 뿐이다. 또한 젊을 때는 불안한 미래가 항상 걱정거리이다. 체력도 좋고 건강도 문제없으며, 몸도 자고 나면 항상 개운하여 뭐든지 의욕 있게 추진해 나갈 수 있었지만, 그래도 항상 미래를 생각하면 불안하고 어두웠다. 이런 게 젊음의 단점이다. 노인은 아무래도 덜하다. 물론 건강이나 수입 등여러 불리한 점은 있지만, 미래를 생각하면 젊을 때처럼 그렇게 불안하지는 않다. 불안해 봐야 살날이 얼마 남지 않은데다가 젊었을 때처럼 불안한 나날들도 많지 오지 않기 때문이다.

또 하나, 젊을 때는 추진력과 에너지가 많지만 뭔가 서투르다. 그래서 모험적인 결단도 하게 되지만, 노인들은 에너지가 떨어지는 대신에 서투르지는 않다. 그래서 신중을 기해야 하는 결정에는 유리하다. 젊을 때는 박력이 있으나 서투르다. 그 다음은 욕정에 대한 문제다. 젊을 때는 욕정이 풍부하여 사랑도 많이 찾게 되고, 이성에 대한 관심과 의욕도 많다. 노인이 되면 욕정도 줄어들어 크게 목말라할 필요도 없으니, 이것 또한 노인의 장점이다.

31

꼰대와 슬콘의 차이

　꼰대와 슬콘의 차이는 무엇일까. 꼰대는 머릿속에 온통 돈, 권력, 힘, 일등, 경쟁, 일류대, 빽, 사교육, 고리타분한 옛날 생각 등등, 뭐 이런 단어들로 꽉 차 있는 사람들이다. 그러나 슬콘은 그런 것보다는 의리, 쿨한 행동, 미적 감각, 품격, 신사적인 행동, 기품, 고급언어, 도와줌, 양보, 지적 사고 등등 이런 단어들이 머릿속에 항상 채워져 있고, 그것들이 항상 활성화되어 행동으로 이끌고 있는 사람들이다.

　꼰대는 남들이 하고 있는 것들에 대해 끊임없는 관심과 촉

각을 곤두세우고 있는 사람들이고, 슬콘은 남들보다는 내가 하고 있고 내가 하려는 것들에 대해 끊임없이 개발하려는 사람들이다.

꼰대는 남을 생각하는 것보다는 남이 하는 행동에 관심을 보이고, 슬콘은 남이 하는 행동보다는 남을 생각하는 마음이 더 강한 사람들이다. 따라서 꼰대는 양보가 뭔지

모르며 손해라고 생각하고, 슬콘은 양보를 품격이라고 생각하는 사람들이다.

늙어간다는 것은 고리타분하게 변하여 자칫 잘못하면 꼰대되기 일쑤이지만, 그래도 우리 몸의 반 이상은 꼰대의 모습을 없애고 슬콘으로 갈아타야 되지 않을까 한다. 늙은 사람은 어쩌면, 아니 어쩔 수 없이 꼰대와 슬콘의 키메라일지도 모른다. 그런 즉, 우리 속에 슬콘이 소수로 남아 있지 말고 다수로 남아 있게 노력해야 할 것이다.

자기방어에 관하여

돈, 힘, 명예욕만 욕심이 아니라 자존심, 자기방어, 자기합리화도 욕심이다. 자기를 지나치게 방어하고자 하는 것도 큰 욕심이다. 자기를 지나치게 방어함이란 절대로 지지 않으려고 하는 것인데, 이것이야말로 억지이며 욕심이고 과부하다. 자기를 어느 정도 방어하고자 하는 것은 자존심이나 자존감을 위해서 좋은 일이지만, 지나치면 고집불통, 황소고집, 비타협으로 되어버린다. 유연한 인간관계를 유지하고 싶다면 자기방어에만 힘쓰지 말고 상대방의 관점을 꾸준히 생각해 주는 관대함과 포용력 그리고 인내가 필요하다. 이 작업이 바로 인격의 수양이다. 자기방어의 고수가 되면 꼰대다. 자기방어에 집착하지 않으려 하면, 자기도 모르게 슬기로운 꼰대가 되어 있다.

33

모든 꼰대들에게 건배를

인생은 조절이다. 넘치지도 않고 모자라지도 않게 어떤 방법으로 비상하게 조절하느냐에 달렸다. 자기가 붓지 않아도 외부 상황에 따라 잔이 넘칠 수도 있으며, 자기가 모자라지 않게 부었는데도 외부 상황이 밑 빠진 독이 되도록 돌아가면 조절이 실패가 된다. 외부상황도 감안하고, 자신의 능력과 욕망도 잘 조절하면서 인생을 헤쳐 나가기는 그렇게 용이하지가 않다. 이 용이하지 않은 일을 긍정의 힘으로 끌고 나가는 것이 필생의 작업이다.

34

주는 것이 세상을 정화시킨다

꼰대들이 잘못 알고 있는 중 하나가 사람들을 지도함으로써 세상이 개선될 수 있다는 사고방식이다. 세상은 훈계로 개조되는 게 아니다. 세상 사람들을 가르치려 들면 안 된다. 세상 밖으로 나온 사람들은 이미 교육되어 있고 그 교육이 굳어져 있기 때문에 결코 가르침으로 바뀌지 않는다. 세상 사람들은 '줌'으로써 정화되고 감화시키는 것이지, 말로 가르치고 훈계한다고 변화되는 게 아니다. 무엇인가 주는 것, 그것이 세상을 정화시키면서 변화시킨다.

나무라고 비난하는 것은 좋은 방법이 아니다. 무엇인가를 줘야 한다. 기부든, 봉사든, 작은 적선이든 모든 종류의 '줌'이 세상을 변혁시킨다. 가르치려 들면 꼰대가 된다. 주려고 하면 슬기로운 꼰대로 나간다. 익명의 기부자처럼 행동하며 사는 게 답이다. 주는 행위가 세상을 깨끗하게 한다.

35

젊은 꼰대

세대 간의 소통을 못 하면 젊어도 꼰대다. 젊은 꼰대가 더 문제다. 이런 사람이 늙으면 완전 골통이 된다. 나이 든 사람과 이야기하기 싫다고 자랑스럽게 말하지 말라. 자신이 늙어서 젊은 사람이 손사래 치는 그런 골통이 된다. 세대 간 단절의 책임을 꼭 노인들에게 전가해서도 안 된다. 노인도 노력하고 또 노력하는 노인과는 세대 간의 소통을 이루어야 여러 가지 글로 표현할 수 없는 귀중한 것들을 전수받을 수 있다.

꼰대든 슬콘이든 노인들의 가치는 뭔가 전수시킬 수 있는 귀한 경험들을 가지고 있다. 경험은 소중하고 귀중한 것이다. 이런 경험이야말로 민족의 귀중한 경험을 유전시키는 보물이자 유물과도 같은 것이다. 그래서 세대 간의 소통이 중요하다.

민족공동체가 따뜻하게 살아남으려면, 이 소통의 중요성을 학교에서도 가르쳐야 한다. 단순한 예절 말고 실제로 얻을 수 있는 것들을 전략적으로 가르쳐야 한다. 세대 간의 소통은 나이를 떠나 모든 사람이 더불어 공동체로 살아가게 하고, 공동체를 따뜻하고 개혁적이며 역동적으로 만든다. 소통이 없는 공동체는 사람을 숨 막히게 하고, 소통이 원활한 공동체는 이 땅에 태어난 모든 사람들을 비교적 따뜻하게 살아가게 만든다. 누구든 사람의 숨통을 터주는 방향으로 생각해야 한다. 노인이든 젊은이든.

사람 많이 사귀려는 것도 욕심

　사람을 많이 알고 많이 사귀는 것은 항상 권장해야만 하는 가? 그렇지 않다. 사람을 사귀는 것도 어떤 한 분야이고, 모든 분야에는 다 각자의 재능의 정도가 있다. 어떤 사람은 공부, 어떤 사람은 예술, 어떤 사람은 운동에 재능이 있다 또 재능이 있는 사람들도 그 수준이 각각 다르다. 세계적인 수준의 재능을 타고난 사람이 있는가 하면, 어떤 사람은 국내에서 알아주는 정도만의 재능을 가지고 있으며, 어떤 사람은 동네나 학교에서 칭찬받는 정도의 재능만 있다.

　사람 사귀는 것도 마찬가지다. 사람 사귀는 것도 엄연한 분야이며, 어떤 사람은 사람을 많이 좋아하고 한번 만난 사람도 금방 친해지게 할 수 있는 재주가 있는가 하면, 어떤 사람은 사람을 그만큼은 못 사귀지만 그래도 자기 주변의 사람들하고는 잘 어울리는 데 재능이 있다. 어떤 사람은 아주 소수의 사람들만 사귄 후 일생을 마치기도 하고, 어떤 사람은 아예 사람 사귀는 것하고는 담쌓고 산다. 혼자인 것을 즐기고 혼자 취미가 취미인 그런 사람들이다. 이렇게 많은 사람들의 유형과 재능을

무시하고 무조건 사람은 많이 사귀고 볼 일이라는 식의 조언
에는 반대한다. 사람들의 유형을 세밀히 관찰하고 이해한다면,
'사람을 자주 만나고 많이 사귀세요.'라는 주문은 그렇게 유익
한 맞춤조언은 아니다.

모험하는 노인

　모든 게 작용과 반작용이요, 도전과 응전이다. 각자의 인생
도 마찬가지다. 알고 보면 각자의 못다 이룬 한에 대한 도전과
반응이요, 때로는 보답이요, 때로는 복수다. 긍정적으로 반응
하고 복수하여 업적을 이루면 훌륭한 인생이고, 부정적으로 반
응하고 복수하면 망하는 인생이 된다. 이루지 못했던 것, 갖지
못했던 것을 노후에 새로 이루고 새로 갖지는 못하겠지만, 노
후에 할 수 있는 것이 있다면 해본다는 건 대단히 중요하고 의
미 있는 일이 될 것이다. 최근에는 많은 사람들이 노후에 와서
자기가 이제껏 안 해본 새로운 것들을 하고 있다. 그런 안 해본
것들이 무엇이었는지 찾아 나서는 것도 훌륭한 탐험이고 신나

는 모험이 될 것이다. 톰 소여나 허클베리 핀은 멀리 떨어진 세계에나 있는 것이 아니다. 이런 신나는 모험에 빠지는 어린이 같은 노인들이 많아지면, 세상에는 꼰대들보다 슬기롭고 재미있는 꼰대들로 가득 차게 될 것이다. 어린이들처럼 모험하는 장난기 있는 마인드를 가질 때 꼰대가 어느 날 슬콘이 된다.

> 돛줄을 풀어라. 안전한 항구를 떠나 항해하라. 당신의 돛에 무역풍을 가득 담아라. 탐험하라. 꿈꾸라. 발견하라.
>
> _ 마크 트웨인(1835-1910)

38

세대 간의 상속에 대하여

나이 육십이 넘으면 인생을 요약하는 말들이 좀 나와야 하고 인생을 요약할 수 있어야 한다. 인생의 엑기스를 말할 수 있어야 하는 것이다. 주위 사람들이나 젊은 사람들에게 뭔가 살아가는 기술과 철학과 요령을 말할 수 있어야 하고, 말해주어야 한다. 아무런 조언이나 충고의 말도 없이 지내는 건 늙어가는 사람들이 아무런 역할을 못 하고 있는 것이다. 참견하고 고집불통의 조언이 아니라, 정말 젊은 사람들이 쉽게 이해하고, 그들이 살아가는 데 실질적으로 도움이 되는 말과 글이어야 한다. 이야말로 '인생의 엑기스요, 주옥같은 말'이 되며 '말 보시'이다. 이것은 진정한 세대 간의 소통이 요구되는 시대이다. 늙어가는 사람들은 그들대로 수군대고, 젊은 사람들은 몰려다니며 자기들 말만 하는 그런 사회는 강한 사회가 아니다. 젊은 사람들이 뭔가 노인들에게서 주워 담을 수 있는 주옥같은 말과 의견에서도 뭔가 챙겨갈 수 있다는 생각이 퍼져 있는 사회가 실속 사회이며, 한 사회의 세대 간의 진정한 상속이다. 알지 못하는 노인과 알지 못하는 젊은이가 만나 서로 소통할 수 있는 것이 진정한 사회 상속이다.

39

슬콘은 자기 길을 간다

자기만의 독특함이 없이 남들처럼 살면서 슬기로운 꼰대가 되는 방법은 없다. 남과 같은 방식 이외의 것을 생각해 보지 않는 사람이 꼰대다. 꼰대에서 벗어나려면 개성주의자가 되어야 한다. 그냥 고집불통 개성 말고 '멋진 개성'이 필요하다.

자기만의 멋진 의상이 감동을 주고, 보는 사람들에게 '멋지게 옷을 입고 싶다.'라는 생각을 들게 만드는 것처럼, 젊은이들에게 나도 저런 방식으로 살고 싶다는 생각이 들게 해야 한다. 꼰대는 롤모델이 되지 못하지만, 슬콘은 롤모델이 될 수 있다. 개성주의자는 창의적 인생이다. 창의야말로 모든 분야에서 목말라하는 덕목이 아니던가. 그냥 그 분야에 매몰되어서 창의를 구한다고 해서 창의가 얻어지는 게 아니다. 사는 방식이 개성적이고 창의적인 토양 속에서 창의가 분출된다. 멋지게 입으려고 노력하면 의상이 발달하는 것이다. 두려워하지 않고 자기의 길을 가려는 꼰대들이 많아져야 한다.

40

배짱으로 사는 것

배짱으로 살자. 예측할 수 없는 어두운 미래를 암중모색하려면 배짱이 있어야 한다. 갑자기 위기의 저주가 닥칠 수 있다.

다가오는 상황은 갑자기 닥치는 악천후처럼 언제 어떻게 바뀔지 아무도 모른다. 이 아무도 모르는 위험이 닥칠지도 모르는 상황을 헤쳐 나갈 수 있게 이끄는 것은 무엇일까? 그것은 바로 '배짱'이라는 에너지다. 배짱이 우리를 앞으로 전진시킨다.

여러 분야의 전략가들에게서 보듯이, 위기국면을 기회국면으로 전환시키는 것은 우리가 신념 또는 비전이인 배짱에서 비롯된다. 젊은이들이 배짱을 갖고 스타트업도 하고, 자기 미래의 길에서 마음껏 기량을 펼칠 수 있게 배짱을 길러주는 것이 슬기로운 꼰대들의 지원이요 교육이다.

41

슬콘은 우리 사회의 숨은 스승들이다

삶의 평화란 끊임없이 세상이나 사건 또는 사람과의 대결상태를 화합과 이해, 그리고 상호존중, 역지사지易地思之의 상태로 만드는 것이다. 마음의 평온은 갈등과 반목과 몰이해와 충돌을 소통과 화해와 이해와 배려로 만드는 끊임없는 노력 속에서 얻어지는 것이다.

마음이 가벼우려면 삶에서 발생하는 여러 어려운 상황들을 유쾌하고 익살스럽게 넘길 수 있는 유머의 여유가 있어야 한다. 모든 것은 공空으로 돌아간다는 사실을 항상 유념하고, 때로 분노가 치밀더라도 빠른 시간 내에 마음을 비울 수 있는 노력이 일생을 관통해야 한다. 우리 사회의 숨은 스승인 슬기로운 꼰대들은 음지에서 이런 노력을 꿋꿋이 실천하고 있어야 한다. 이런 슬기로운 젊은 꼰대들이 사회를 조용히 지탱해주어야 누구나 부러워하는 '선진 문화 사회'가 된다.

42
슬콘은 백년대계를 이끌 주인공

꼰대란 알고 보면 나라의 원로급에 해당한다. 한 나라의 원로가 어떤 가치관을 가지고 어떤 삶을 살고 있으며, 다음 세대에게 무엇을 전달하려 하느냐에 따라 그 나라에 지대한 영향을 준다. 이처럼 꼰대의 역할은 매우 중요하다. 개혁적이고 변화에 기민한 꼰대면 슬콘처럼 현명한 원로를 많이 가진 사회는 대대로 잘 발달하는 사회가 되고, 변화를 두려워하고 예전 것을 답습하는 게 편해서 변화보다는 안주를 택하는 꼰대가 많으면 그 사회는 결코 선진사회로 도약할 수 없기 때문이다. 사회란 지금 당장 얼마나 발전하고 화려한가보다 더 중요한 건 앞으로 대대로 어떤 사회를 만들어 가느냐이다. 백 년, 이백 년까지 바라보고 다음 세대에게 가치 있는 것을 전해주어야 진정 선진꼰대가 되는 것이다. 그냥 지금 먹고 사는 데 지장 없고, 뭔가 나름대로 자부심도 있으니까 '그냥 이대로 가면 되겠지.' 하는 마음으로 산다면 그건 선진꼰대가 아니다. 선진사회에 대한 열망이 있다면, 적어도 새롭고 가치 있는 무엇에 열광해야 하고, 또 그런 창의적인 가치관을 다음 세대에 전해주려는 열정이 있어야 한다.

43

자식사랑 지극하면 애국인가

뉴스를 보면 참으로 눈물 나는 모성애, 부성애가 많다. 아들을 끈질기게 병역을 연기시킨 끝에 결국 병역면제를 받고야 마는 우리들의 대단한 아버지. 또 딸의 대학입학을 위해서 지인들을 동원하여 논문저자로 넣어주는 부모님들, 자식의 교육을 위해서 위장전입을 수없이 하는 교육열이 넘쳐나는 부모님 등등, 눈물겨운 자식사랑을 보면 정말 이 나라에서 효자, 효녀가 많이 태어날 수밖에 없지 않나 하는 생각이 든다.

사회적 비판 이전에 결국 '이 정도로 자식사랑이 진해야 성공하는구나.' 하는 깨달음이 번쩍 든다. 거기다가 이게 비판대상이 아니고 어떤 사람들은 '뭐가 잘못되었다는 말인가?' 하는 걸 보면 우리 꼰대들이 대대로의 성공을 위해서 좀 더 분발해야 되지 않겠는가 하는 생각도 들어 좀 혼란스러워진다.

나는 좀 이상한 것 같은데, 우리 슬기로운 꼰대들은 어떻게 생각하는지? 자식의 성공을 위해서라면 모든 게 정당화될 수 있는 올바른 행동인지를. 과연 자식을 많이 사랑하면 저절로 나라에도 도움이 된다는 말인가.

> 전체의 이익을 위해 개인의 이익을 희생하지 않는 사람은 행복을 말할 자격이 없다.
>
> _ 올림피아 브라운(1835-1926), 미국여성권리운동가, 목사

인생의 마지막 여정도 도전으로

노환으로 병원에 입원하게 되면 의사가 노인과 그 가족에게 병에 대해 의사가 몇 가지 치료 전략을 제시하며 선택하라고 하는 경우가 있다. 그냥 치료해 본다는 생각으로 수동적으로 받아들이지 말고 이것을 '노후에서의 하나의 도전'으로 생각하고 임한다면, 노후에 또 하나의 도전적인 삶을 사는 것일 수 있다. 체념적으로 '고령에 이 무슨 도전이냐.'라고 포기하지 말고 물론 포기해야 하는 상태도 있지만, 본인과 가족이 어떤 어려운 하나의 도전과정에 참여하고 있다고 생각하면 매일 한숨만 쉬지 말자. '노후에 이런 어려운 도전이 있구나. 여기서 우리가 무엇을 해야 할 것인가를 고민해 보자.'라면서 도전해 보는 것도 좋다.

이런 고통을 통해서도 뭔가 도전거리를 찾고 도전하는 과정에 참여하는 적극적인 태도가 노후의 마지막 과정에서도 노인과 그 보호자가 보여주어야 할 도전정신이요, 마지막 남은 시간도 고귀하게 보낼 수 있는 의미 있지 않을까 한다.

자기를 위해서만 살았다면 레알 꼰대

인생의 날들이란 본래 조용한 날이 없다. 조용하고 평화로운 날을 기대했다면 헛다리짚은 것이다. 인생의 희망찬 미래란 평화가 가득한 날이 아니라. 한시도 조용하지 않은 상황을 헤치고 분투하고 도전하는 생활을 말한다. 끝까지 분투하는 것, 그것뿐이다. 뇌와 몸과 팔다리가 작동하는 한 쉬지 않고 역경을 돌파하려고 애쓰고 몸부림치는 것, 그것이 소위 '위대한 인생'이다. 왜냐고? 그렇게 태어났기 때문이다. 이것이 인간의 고귀하고 비장한 숙명이다. 이 숙명을 수행하면서 잘 도와주고 간 사람은 쿨한 인생을 산 것이고, 자기를 위해서만 살았다면 그냥 보통이고, 자기를 위해서 남을 희생시켰다면 추악한 인생을 산 것이다.

무엇을 물려줄 것인가

다음 세대에게 삶을 정리해서 이해하기 쉽고 자상하게 알려주어야 하는 게 기성세대 꼰대들의 의무이다. 슬기로운 꼰대는 항상 다음 세대를 생각하는 사람이다. 그리고 미래는 다음 세대가 엮어가고 만들어가야 하기에, 다음 세대에게 더 나은 미래를 주기 위해서 무엇을 할 것인가를 고민한다. 국가의 권력이 차기정부에게 이양되듯이, 한 세대의 권력과 권위는 다음 세대에게 순조롭게 계승되어야 한다. 슬콘은 넓은 포용력과 깊은 사랑으로 다음 세대에게 무엇인가를 잘 넘겨주어 그들이 걸어가는 길이 좀 더 의욕적이고 든든한 길이 되도록 고민하는 자이다. 권위와 경륜을 넘겨주는 것이 순탄치 않을 경우, 꼰대들이 넘겨주는 작업보다 그들의 권위를 오랜 시간 동안 많이 갖고 있을 때 다음 세대는 순탄치 않은 더디고 삐걱거리는 출발을 하게 된다. 다음 세대의 새롭고 의욕적인 출발을 위해서는 전시대의 꼰대들이 열린 마음을 갖고 적극적으로 다음 세대에게 그들의 노하우와 권위를 전수해야 한다.

쿨한 사람을 수소문함

　쿨하게 산다는 건 내일이 없는 사람처럼 사는 것이다. 내일이 있는 사람은 욕심이 많이 남아 있는 사람이며, 성공에 대한 집착과 미련도 많은 사람이다. 쿨한 사람은 욕심이 없다. 그러기 때문에 내일을 기대하지도 않고, 내일이 필요하지도 않으며, 내일을 기약하지도 않는다. 물론 미래를 모두 버려야 한다는 건 아니다. 다만 쿨한 '이미지'가 그렇다는 말이다. 욕심이 많고 삶의 성공과 이득에 대한 집착과 미련이 많으면서 쿨하게 살 수는 없다는 뜻이다. 성공하고자 하는 사람도 있고, 돈에 집착하는 사람도 있는 법이다. 그런데 이렇게 내일과 미래가 없는 듯이 집착과 미련이 덜하면서 쿨한 사람이 많아야 사회가 여유로워진다. 온통 성공하고자 하는 사람과 돈을 버는 게 최고의 가치라고 생각하는 사람들로 가득 차 있으면, 사회가 각박해지고 인심이 야박해진다. 이것은 서로에게 손해다. 우리 사회에서 필요한 것은 경쟁의 달인보다는 여유로우면서 인심을 잃지 않고 사는 '쿨한 사람'이 더 필요하다.

48

시간이 얼마 안 남은 자의 의무

　인간은 적응의 동물이다. 어떤 상황이든 시간이 지나면 익숙해지고, 바뀐 상황이 자연스럽고 편안해진다. 인간의 적응능력을 믿고 새로운 상황으로 자기 몸을 밀어 던져라. 도전은 그렇게 하는 것이다. 도전은 먼저 생각하는 것이 아니라, 일단 몸을 투사시키고 다음에 생각하는 것이다. 처음 시도할 때 생기는 두려움은 없어지고, 머지않아 새로운 환경에 익숙해질 것이다. 우리는 새로운 길에 대해 두려워하지만, 그렇게 두려운 일이 아니라는 것을 깨달아야 한다. 슬기로운 꼰대들은 다음 세대들에게 새로운 길에 대한 모험과 도전에 대해 격려하고 그 중요성을 역설해야 한다. 이것이 시간이 얼마 남지 않은 자들의 의무이다.

　대부분의 사람들은 자신의 한계를 알지 못한다.
　그 한계까지 도전해 보지 않기 때문이다.

_ 허먼 멜빌(1819-1891)

49

품격있는 꼰대생활

노년에 제일 좋은 말은 이판사판이고, 가장 안 좋은 말은 용의주도다. 이판사판은 마음을 내려놓는 것이고, 용의주도는 마음을 내려놓지 않고 사는 것이다.

마음을 비우려면 이판사판으로 살고, 욕심에 미련이 많으면 용의주도하게 살면 될 것이나, 노년에도 한시도 근심이 없는 날이 없을 것이다. 이판사판의 생활은 마음을 비웠기 때문에 거칠 것이 없으며, 매사에 긍정적이고 낙천적이어서 항상 밝은 얼굴을 하고 사는 유유자적한 노인이 된다. 반면, 용의주도한 생활은 늙은 나이에도 욕심을 움켜쥐고 놓지 않으려 하니, 마음이 편할 날이 없어 항상 찡그린 얼굴로 사는 노인이 된다. 노년에는 두 방법 중 어떤 선택을 해서 마음과 생활을 디자인할 것인지를 항상 꾸준히 생각해 봐야 한다. 무조건 다른 노인만 따라가는 생활 말고 자기만의 개성 있고 창의적이며 자기의 길을 가는 그런 노후생활을 짜기 위해서는 평소 많은 성찰이 요구되며, 제대로 품격 있는 노인이 되려면 깊은 성찰과 패기 있는 결단과 실천이 필요하다.

인체란 복잡하게 설명되는 단순한 기계다

인체란 기계다. 인체라는 생물학적 현상은 기계가 작동하는 현상과 같다. 인체는 복잡하게 설명하게 되는 단순한 기계다. 그저 많이 쓰면 낡게 되는 그러한 단순한 원리를 가진 기계일 뿐이다.

'나의 인체'라는 기계를 어떻게 사용하느냐에 따라 빨리 망가질 수도 있고, 덜 망가진 채로 좀 더 오래갈 수도 있는, 그러나 결국은 작동을 멈추게 되는 그런 기계를 사용하고 있는 것이다. '나'라는 인체기계에서 떨어져 나와 나를 '하나의 단순한 기계'로 보는 시각이 필요하다. 일종의 '유체탈출 시각'이 필요한 것이다. 인체를 단순한 기계로 생각하면 그 고뇌라는 것도 하나의 생물학적 현상으로 보일 뿐이다. 고뇌를 생물학적 현상으로 볼 때, 그것이 나를 족쇄로 채우는 무슨 대단한 운명적인 것이기보다는 일반적인 기계에서 보이는 그런 현상으로 보자. 그리하면 고뇌를 나의 고유한 운명적 불행이 아니라, 많은 기계에서 보이는 흔한 '결함' 내지는 '오작동'으로 판단하여 그 중압감을 훨씬 줄이게 되는 큰 장점을 얻게 된다.

멋진 노인이 되려고 갑자기 무리하지 말라

알고보면 이제껏 역사상 인생을 잘 산 사람은 거의 없는데, 잘 살 수 있다고 하는 것도 이상한 일이다.

또한 노년이 되어 이렇게 하면 잘 살 수 있다고 여러 의견을 내놓는 것은 황당한 일이다. 더구나 각자 일생토록 반복된 행동으로 고착화된 습관을 잊어버리고, 새로운 노년 생활을 권장하는 것은 불가능을 가능케 하려고 하는 무리한 일이다. 오히려 수십 년 쌓아 놓은 습관을 인정하고 각자의 습관에 맞게 각자의 장르를 만드는 일이 더 현실적인 계획이다.

죽을 날이 얼마 안 남았다고 해서 갑자기 '이렇게 하면 훌륭한 노년을 살 수 있다. 저렇게 하면 멋진 노인이 된다.'라고 해봐야 사람은 변하지 않는다. 사람의 습관 또한 고치지 못한다. 욕심에 따라 질주해 온 사람들, 정신없이 생업을 따라 시간을 잊고 살아 온 사람들에게 갑자기 도 닦은 노인이 되라고 하다니, 이 얼마나 무거운 숙제란 말인가?

세간에는 노년 생활들에 대해 도인이 도 닦는 것처럼 행하라는 듯한 여러 말들이 많이 떠돌고 있는데, 사실 비현실적이며 실제 생활에 적용이 안 되는 말들이 많다. 오히려 각자의 처지와 쌓인 습관에 맞게 보다 실제적이고 실용적인 자신이 감당할 수 있는 수준에서 각자의 장르를 개발하라고 하는 것이 더 현실적이고 창의적인 조언이다.

52
실제적이면서 간결한 건강 전략을 짜라

슬기로운 꼰대에게 무엇보다 중요한 것은 건강이다. 건강을 유지하기 위해서 슬콘은 끊임없이 건강계획을 짜고 단순화하고 구체화해서 일상 매 순간 적용시켜야 한다. 어떻게 하면 무리하지 않을 것인가. 어떻게 하면 노화되어 가는 '몸뚱이'를 많이 닳지 않게 하면서 강화시킬 수 있을 것인가 하고. 수명 연장을 막기 위해

무리는 좀 해도 좋은 것인가. 어떻게 하면 몸을 잘 오래된 명차처럼 달리게 할 것인가. 술을 어느 정도 마셔야 하며, 어느 기간 안 마실 것인가. 무엇이 컨디션 저하에 가장 영향을 미치고 있는가. 어느 검사가 내 몸에 자주 필요하고, 어떤 검사는

지나친 걱정을 하지 않기 위해서 하지 않아도 좋을 것인가. 어떤 음식을 자주 먹어야 내 몸에 맞는 건강식이 될 것인가. 어떤 음식을 안 먹어야 건강에 도움이 될 것인가. 운동을 위해서 어떤 시간을 이용해야 할 것인가. 즐거움을 위해서 어떻게 시간을 투여할 것인가 등등 구체적이고 실제적인 건강계획을 짜고 실행해야 한다.

과학은 정리된 지식이다.
지혜는 정리된 인생이다.

_ 임마누엘 칸트(1724-1804)

53

인체 중고차론

건강이란 중고차를 다루는 것이다. 인체란 중고차나 다름없으며, 시간이 흐를수록 낡고 어딘가 부서지게 마련이다. 그리고 언젠가는 폐차가 되는 것이 결말이다.

중고차가 낡았다고 해서 다 나쁜 것은 아니다. 오래되다 보니 새 차보다 길이 들어 더 잘나가고, 차에 흠집 생길까 봐 걱정하지 않아도 된다. 그리고 무엇보다 오래 타다 보니 편하다. 인체도 마찬가지다. 오래된 몸일수록 조그만 작업에도 힘이 들지만, 그러기 때문에 또 일찍 쉬게 되고, 몸의 움직임이 젊을 때보다 빠르지 않아 저절로 여유 있게 다닐 수 있다. 또 오랜 인생경험으로 작업의 강도를 줄일 수 있는 다양한 방법으로 머리 쓰는 걸 찾으려고 한다.

중고차의 목표란 고장 나지 않고 얼마나 오래 쓸 수 있을 것인가 하는 것이며, 육체 또한 얼마나 크게 아프지 않게 오래 건강수명을 연장시킬 수 있을 것인가이다. 따라서 중고차를 쓰는 요령을 인체에 대입시켜서 여러 가지 비슷한 경우를 깨닫는다면, 슬기롭게 노후 육체관리를 하고 흥미로운 사실들을 경험할 수 있을 것이다. 매우 어려운 일이지만, 해내는 사람도 있는 만큼 노인들의 중고차 경험은 적용해 볼 만하다. 마구 쓰면서 중고차 관리를 하는 것은 없으니 적당히 얼마나 녹슬지 않게 쓰느냐가 인체와 중고차의 관건인 것이다.

잠깐의 평화가 인생의 본질이다

매 순간 불안한 상태가 유지되는 게 인생 상황의 본질이다. 무슨 일이 생길지 모르는 게 우리네 인생이다. 불안한 휴화산 밑을 흐르는 마그마와 같은 게 인생이다. 매일 평화가 찾아오려니 생각하다가 뒤통수 맞는 게 인생이다. 나이 들고 꼰대가 되어서 뒤통수 맞으면 상처가 더 심하다.

슬기로운 꼰대는 매일 매일의 평화를 믿지 않는 사람이며, 인생의 나날들의 불안정성을 간파한 사람이다. 슬기로운 꼰대는 수많은 위기를 넘겨온 사람으로. 노련하게 매일의 안위가 보장되지 않는 곳에서 잠깐의 평화를 즐기는 것이 인생의 본질임을 깨우친 사람이다.

기계가 스승이다

기계가 되어야 한다. 기계처럼 규칙적이고, 질서 있고 정확하면서 강하고 빈틈없이 작동하게 몸을 만들어야 한다. 칸트의 규칙적 습관을 왜 칭송하는가. 칸트는 기계처럼 생활했기 때문이다. 건강하려면 규칙적인 생활을 하라고 한다. 규칙적인 생활이란 규칙적으로 빈틈없이 움직이는 것이다. 규칙적으로 빈틈없이 움직이는 게 기계다.

감정 표현도 기계처럼 절제 있게 하라. 지나친 감정 표현은 기계 과열이나 마찬가지다. 건강하고 절도 있는 생활이란 사실 기계 같은 생활이다. 대부분의 사람들은 기계 같은 생활을 할수록 건강해진다. 다만 예외인 사람들이 있다. 예술가나 감정 직업에 종사하는 사람, 절제된 감정으로는 할 수 없는 직업들은 예외다.

필사적으로 살아라

살아가면서 필사적이 아닌 게 없다. 모든 게 필사적이고 또 필사적이어야 한다. 음식을 먹는 것도 필사적이다. 맛있다고 많이 먹으면 배탈이 나고, 당뇨병이 생기고, 비만이 되고, 고지혈증이 생기는 등 난리가 난다. 그렇다고 음식을 안 먹으면 영양실조에 걸리게 되어, 이것 또한 건강을 해칠 수 있다. 맛있는 게 세상에 널려 있는데 마구 먹고 다닐 수도 없고, 그렇다고 안 먹을 수도 없다. 어떻게든 맛있는 음식을 먹는 것도 필사적으로 참고 살아야 한다.

술도 그렇다. 얼큰하고 여유 있게 긍정주의자가 되는 기쁨에 젖어 계속 술을 마셔대면 그다음에는 간도 나빠지고 온갖 병들이 생긴다. 마시자니 병이 생기고, 안 마시자니 삶의 기쁨이 없고, 스트레스를 해소할 마땅한 것이 없게 된다. 그러나 술도 필사적으로 참고, 마시더라도 적게 마시려고 필사적으로 노력해야 한다. 사랑도 마찬가지다. 여러 사람과 많은 사랑을 나누고 싶은 마음이 생겨 사랑을 미친 듯이 해버리면, 그다음에는 사랑 뒤에 오는 여러 가지 문제들을 수습해야 하는데 그야말로 감당이 안 되는 일이다. 그렇다고 사랑을 참으려니 인생의 아름다운 순간들을 이승에서는 경험하지 못하고 있는지도 모르는 내세로 가야 하는데, 이것 또한 처량한 신세가 되는 것이다. 사랑도 필사적으로 해야 한다. 필사적으로 사랑을 많이 하지 말아야 하고, 또한 필사적으로 사랑을 해보고 죽어야 한다. 이렇게 필사적으로 해야 하는 게 한두 가지가 아니다. 세상에는 정말 필사적이 아닌 게 없다.

57
음식과의 전쟁

노후란 음식과의 전쟁이다. 많이 먹어도 안 되고 적게 먹어도 안 된다. '많이 드세요.'라는 말들을 하지만 음식도 다른 여러 분야 못지않게 어려운 분야다. 과해도 안 되고 모자라도 안 되는 정말 중용을 지켜야 하는 까다로운 분야다. 적당히 먹고, 적당히 운동하고, 적당하게 조절해야 하는데 그 '적당히'가 어려운 것이다. 그러나 매 끼니마다 전쟁을 치를 수밖에 없다. 음식과의 전쟁에서 지면 그 다음에는 만성병 차례가 된다. 이쯤

되면 식사가 아니라 전쟁이다. 이 불편한 사실을 받아들이고 음식과 전투에 임해야만 몸을 보존할 수 있다. 이것이 인체의 취약함이여, 건강전선에의 괴로움이다. '소식의 즐거움' 같은 역설적인 즐거움을 추구해야만 몸을 보전할 수 있다.

58

두려워하면 건강해진다

건강의 비결은 건강 스트레스이고, 건강에 대한 두려움이다. 건강에 대해 두려워하고, 건강에 이상이 온 것에 대해 스트레스 받는 것이 더 건강해지는 계기가 된다.

건강이란 지금보다 더 건강해지는 것이고, 그렇게 몸을 유지하는 것을 말한다. 건강은 항상성이고 유동적이며 어떻게 될지 모르는 미래와 같다.

건강하고자 하면 두려워해야 하며, 무엇보다 음식과의 전쟁을 치러야 한다. 예전의 배고픈 시절과는 달리 지금은 영양이 넘쳐나는 시대여서 음식을 잘 조절하는 것이 건강의 기본이요, 핵심이다. 건강하려면 음식을 경계하고, 음식과 싸워야 하며,

궁극적으로 음식을 조절해서 음식을 지배해야 한다. 음식과의 전쟁은 사는 한 끊임없이 치러야 할 숙명이다. 모두가 '건강하시라!' 하고 '건강이 허락하는 한 이렇게 하라.'라고 덕담처럼 이야기하지만, 사실 안을 들여다보면 건강은 호락호락하지 않은 전쟁이고 싸워야 할 게 너무 많다. 그러니 건강 전선에서 무너져 가는 사람들이 많을 수밖에 없다. 어쨌든 건강을 사람들이 흔히 주고받는 덕담 속에 있는 즐거운 말로 해석하면, 건강을 이루기 몹시 힘들고, 전쟁으로 인식하면 건강이 얼마나 엄숙한 생활 속의 투쟁인지를 알게 되고, 건강해질 수 있는 발판을 만들게 될 것이다.

건강에 대한 경구를 예시해 보겠다.
- 두려워하는 자는 승리할 것이고, 두려움을 경멸하는 자는 스러질 것이다.
- 두려움 없이 먹으면 패배할 것이고, 두려움을 갖고 조심스럽게 먹으면 승리할 것이다.
- 건강을 즐거운 것으로 생각하면 어려워질 것이고, 건강을 전쟁으로 생각하면 개운한 몸을 오래 유지할 것이다.

몸을 쉬어줘야 한다

　건강에 중요한 또 하나의 요소는 휴식과 요양이다. 몸을 쉬어줘야 한다. 몸은 기계이며, 기계는 많이 쓸수록 마모된다. 몸을 휴식시켜주고, 릴렉스 시켜주고, 요양시켜 줘야 한다. 나이는 숫자에 불과하다고 하면서 몸을 젊었을 때와 다름없이 굴려버리면 그대로 망가진다. 나이는 엄연한 숫자이고, 그 숫자는 기계를 돌린 햇수를 말한다. 나이를 잊어버리고 숫자를 계산하지 않고 돌리면, 무리할 때 '제 살 깎아 먹는다.'고 하듯이 나이를 깎아 먹게 된다. 나이를 깎아 먹는다는 건 수명을 깎아 먹는다는 뜻이다.

　건강수명은 무리하지 않고 몸을 쉬여주고 릴렉스 시키는 만큼 늘어난다. 반대로 릴렉스 시키지 않는 순서대로 몸은 쉽게 망가진다. 세상에 떠도는 '100세까지 일하는 모범적인 노인'을 칭송하고 추종하는 것은 허구의 '천리마 일꾼'을 따라가는 것과 마찬가지로 어리석은 일이다. 쉬어야 한다. 아픈 후에 요양하려 하지 말고, 아프기 전에 많이 쉬어주고 미리미리 요양해야 한다.

60

몸은 기계일 뿐

건강의 첫째는 몸을 쉬어주어야 한다. 충분한 수면시간을 중시하고 유지해주어야 한다. 잠이 안 온다고 벌떡 일어나 TV를 보고 활동하면 안 된다. 입원한 것처럼 누워 있으면서 몸을 쉬어주어야 한다. 몸은 기계일 뿐, 기계는 많이 돌리면 마모되어 망가진다. 안 돌리면 녹슬지만,많이 돌리면 수명은 줄어든다. 몸이라는 기계를 적당히 돌리고, 적당히 잘 돌아가게 하는 게 건강의 기술이다. 세상에서는 몸이라는 기계를 많이 돌리면 돌릴수록 부지런하다고 칭송하지만, 많이 돌리면 천하장사도 몸이 부서지게 되어있다. 적당히 돌리는 방법을 체득한 사람이 건강하게 장수한다. 세상에 떠도는 건강법 들 중, 특히 나에게 맞지 않는 건강법을 경계하는 것도 건강을 지키는 지름길이다.

병 없기를 바라지 말자

노후의 몸을 추스르는 것은 중고차를 알뜰하게 수리해가며 수십 년을 쓰는 것과 같다. 낡아가는 차를 수시로 정비해서 잘 굴러가게 만드는 게 기술인 것처럼, 늙어가는 몸을 잘 관리해서 잘 걸어 다니고 통증이 없게 만드는 것도 기술이다.

새 차는 분명 아니지만 잘나가는 중고차처럼, 비록 성치 않은 노후의 몸이지만 잘 걸어 다니고 심각한 통증이 없게 만드는 게 건강관리다. 아프지 않으려고 하는 것은 늙지 않으려고 하는 것처럼 불가능한 목표이며, 그리 좋지 않은 목표이다. 적당히 병이 있긴 하지만 큰 통증 없이 할 일 다 할 수 있고, 갈 곳 잘 다닐 수 있게 몸을 만든다면 그게 건강관리의 성공이다. 하나도 안 아프다고 자랑하는 사람보다는 병이 많은데도 잘 생활하는 사람이 설득력 있는 롤모델이다. 병은 피해 가지 못한다. 병 안 들게 하려는 건강목표도 허구다. 병이 몇 가지 있어도 잘 걸어 다니고 음식을 즐기면 대성공이다. 건강 목표를 인간한계에 맞게 조정해 보는 것도 성공목표 조정만큼 중요하다.

장수리스크

장수할 생각만으로 사는 것도 잘못하면 장수리스크를 유발한다. 때로는 수명도 적당히 줄이는 작업도 하면서 살아야 한다. 걱정도 좀 하고, 음주도 좀 하고, 무리도 약간 해야 수명이 줄어들지 않겠는가. 오래 산다고 죽지 않는 것도 아니고, 오래 살면 통증 없이 살아가는 것도 아니다. 이상하게 들릴 수도 있으나, 적절히 자신의 기대수명과 건강수명의 합의점을 찾아 적당히 무리도 하면서 사는 게 실질적인 '인생 건강수명 계획법'이 아닐까 한다. 그렇지만 수명은 천명 아니겠는가. 인간의 힘으로 어찌하겠는가. 약간의 육체적인 무리가 즐거움이 된다면, 수명을 좀 줄인다는 생각으로 재미있게 '즐거운 무리'를 할 수 있지 않을까 생각된다.

노화되어도 실망하지 않기

나이 들수록 노화되어 가는 몸을 추스르는 절묘한 방법을 찾아야 한다. 갈수록 예전처럼 빠른 행동을 할 수 없을 때, 목표를 젊은 시절의 동작으로 정해서는 안 된다. 그런 빠른 시절의 동작은 다시 돌아오지 않는다. 이룰 수 없는 목표보다 빠르게 동작하지 않으면서 여유롭게 행동하는 방식과 빠르지 못한 동작 때문에 발생하는 실수를 어떻게 빨리 수습하느냐에 목표를 정하는 것이 노인에게 맞는 '행동 설정'이다. 빠르지 않기 때문에 오히려 저절로 여유로운 장점과 발생하는 실수를 자주 수습하다 보니 생기는 '빠른 수습 노하우'를 이용할 수 있다. 느려서 더 많이 생기는 여유와 실수에도 실망하지 않으면 보다 쾌적한 꼰대 생활을 할 수 있게 된다. 슬기로운 노후란 '실수 수습 대마왕'이 되는 것이다.

실수를 지겨워하지 않고, 실수를 해도 자기를 학대하지 않고, 실수에서 오히려 많은 것을 깨달으려 하는 것이 슬기로운 노후다. 슬기로운 노후의 반대는 절망이다. 어떤 실수에도 절망하지 않은 노인이야말로 강한 인간이다.

병 많은 장수노인이 롤모델

건강한 노인들도 많이 있지만, 대부분은 병을 몇 가지쯤 가지고 산다. 병이 수십 가지인 어떤 노인도 있다. 드물지만, 어떤 노인은 병이 많고 수술도 많이 했는데도 멀쩡한 얼굴로 멀쩡하게 걸어 다니고, 정정하게 살았다. 그의 많은 병과 수술 경력을 알고 그를 보면 깜짝 놀라게 된다. 이런 노인이 진짜 노인이자 강자이며, 젊은이들의 희망이다. 어떻게 병이 없을 수 있겠는가. 병이 있음에도 불구하고 내색하지 않고 자기 할 일, 자기 즐길 일 열심히 챙기면서 당당하게 살아가는 병 많은 노인이 바로 우리들의 롤모델인 것이다. 건강도 중요하지만, 병이 많으면서도 꿋꿋하게 살아가는 노인이 우리들이 지향하고 본받아야 할 제대로 된 노인상이다. 피하지 못하기에 병을 받아들이고 병과 더불어 사는 이런 노인이 더욱 큰 깨달음을 주는 것이다.

노인과 '빨리빨리'는 반대

노인이 되면 모든 게 어눌해지고, 빠릿빠릿하지 못하며 정확하지 못하게 된다. 그럼 노인에게는 희망이 없는 걸까? 아니다. 노인의 특성에 맞게 자기의 독특한 시스템을 만들어야 한다. 어눌한 동작에서 빨리 뭘 하려고 하면 실수하게 된다. 빨리 하려고 하지 말고 느려도 실수를 많이 하지 않는 쪽으로 방향을 정해서 자기만의 느리지만 정확한 동작과 시스템을 만들어야 한다. 당장은 힘들지만, 그런 쪽으로 방향을 정해서 느린 시스템으로 연습을 많이 하면 훌륭한 동작시스템이 나올 수 있다. 예전처럼 빠르지는 않지만, 예전보다 실수를 오히려 덜 하는 그런 훌륭한 시스템이 나올 수 있다. 살다 보면 다 방법이 있다. 구하라 구할 것이요, 찾으라 찾을 것이요, 두드리라 열릴 것이다.

66

무소식이 비悲소식

　남들의 무소식을 모두 행운이라고 생각지 말라. 남들이 말하지 않는다고 해서 불행을 잘 참고 있다고 생각하지 말라. 남들이 내색하고 있지 않지만 각자 여러 어려움을 겪고 있으며, 문제 해결하려고 힘겹게 노력하고 있지만, 단지 말을 안 할 뿐이라는 사실을 알아야 한다. 남들이 자신의 불행을 남에게 표현하지 않는 이유는 그들이 잘 견뎌서가 아니라, 그 불행을 알리기 싫은 이유도 있으며 또 많은 부분은 그 불행을 당연한 고충이라고 생각하고 있기 때문이다. 항상 나만이 아니라 남들도 고민과 불행을 힘겹게 견뎌내고 있다는 사실을 명심하고, 자기의 고민과 불행만 크다고 생각하지 말아야 한다.

노인의 혼선

나이 들어가면 그동안 쌓인 많은 경험이 AI처럼 복잡한 네트워크를 형성하게 되는데, 여기서 쓸데없는 부작용이 생긴다. 여러 경우의 수가 쓸데없이 연결되어 자신의 고집이나 자존심에 손상이 가는 말이나 행동이 없는지, 의심 거리는 없는지, 수상한 건 없는지 살피고 또 살피는 부작용을 낳는 것이다. 일생에 걸친 노인의 경험은 노인을 노련하게 살 수 있게 하지만, 경험의 축적은 복잡한 네트워크를 형성하다가 혼선이 되어 엉뚱하거나, 집착적이거나, 강박적이거나 의심 같은 성가신 방향으로 안테나를 향하게 해 쓸데없는 걱정거리를 제공하는 부작용이 생긴다.

건강은 기계관리

나이가 들면 예전의 몸 그대로 유지하고 살고 싶어도 그렇게 되지 않는 게 자연의 섭리다. 그냥 그대로 유지되는 몸이란 애당초 불가능하다. 이 섭리를 짜증이 나더라도 받아들여야 한다. 인체는 기계다. 나이가 들면 중고차처럼 노화되고, 마모된다. 중고차처럼 몸도 정비하며 사는 거다. 기계를 고치는 데 감정, 우울이 스며들 이유가 없는 것처럼, 몸도 기계라고 생각하여 아무 감정 없이 정비하고 고치는 거다. 자주 정비해주고 고쳐가며 인체를 사용해야 하고, 자주 정비하며 사는 사람이 인체기계 고장이 잘 나지 않는 사람이 된다. 병원은 정비공장이니 정비공장에 자주 가는 건 창피한 일이 아니고 매우 자랑스러운 일이다. 이것이 인체기계를 다루는 요령이다. 인체가 단순한 기계라는 사실을 명심할 때 제대로 '기계관리'가 된다. 정비를 무시하고 살면 나중에 큰 사고가 난다. 큰 사고 예방을 위해 지금 자주 정비공장으로 달려가야 한다.

두려움이 건강 에너지

건강 비결의 첫 번째는 자신감이 아니고 두려움이다. 두려움으로 출발해야 건강을 지킬 수 있다. 건강은 일단 지키는 것이다. 지키는 것이 첫 번째요, 그다음이 강하게 하는 것이다. 지키려면 자신감보다는 두려움을 택하는 것이 장기적으로 유리하다.

건강은 몸을 보호하는 것이 제1번이요, 몸을 튼튼하게 만드는 것은 그다음 해야 할 일이다. 몸이 강인해짐으로써 자신감이 넘치게 되지만, 그 바탕에는 몸에 대한 두려움이 깔려 있어야 한다. 두려움의 에너지로 몸을 지키고, 지켜진 몸 위에서 몸을 강하게 하여 자신감의 상승 에너지를 분출시켜야 한다.

70

노쇠와 축적

노후에 한쪽에서는 늙어가고 노쇠해지지만, 한쪽으로는 나이와는 반대로 적극적으로 즐기면서 운동으로 체력을 예비하고 뭔가 저장하는 게 필요하다. 한쪽에서는 노쇠로 기력이 조금씩 잃게 되지만, 다른 한쪽에서는 노인으로서 할 수 있는 장점들을 최대한 모아서 발휘하며, 몸에 이로운 것들을 많이 행하고 축적하면 되는 것이다. 이것이 노인의 축적 전략이다.

노쇠는 실망을 안겨주지만, 노인의 축적은 이제껏 느껴보지 못한 기쁨을 준다. 노년에도 하면 기발한 계획들을 개발할 수 있다. 노화에 슬퍼하거나 좌절하지 말고, 노인의 축적이라는 비책을 끊임없이 궁리하고 개발해야 한다. 노후에도 아직 인생은 끝나지 않았음을 자각하고 움직이는 인생을 설계해야 한다.

31

닥치고 파이팅

움직여서 뭔가를 찾고 만드는 게 인생이다. 가만히 정체되어 있는 건 인생의 의미와 대치된다. 어떻게, 어느 방향으로 언제 움직일 것인가를 끊임없이 궁리하는 게 인생이다. 가만히 있으면 편하지만, 일상의 이벤트조차도 만들지 못한다. 움직여야 이벤트도 만들어지고, 일생의 업적도 시작된다. 인생은 끊임없이 움직이는 것이다. 이것이 그냥 인생의 숙명이다. 태어났다는 사실은 스키어의 출발처럼 태어나자마자 앞으로 튀어 나가는 것이다. 이 탄생과 일생의 시작은 끊임없는 움직임과 전진을 원초적 숙명으로 하는 것이다. 움직임으로 인생을 규정해주어야 인생의 수수께끼가 정리된다. 사람은 파이팅하기 위해 태어난 것이며, 파이팅이 아니면 인생의 의미를 설명할 수 없다.

제3장

교육과 신뢰

1

에디슨류의 거짓 명언을 믿지 말라

나이가 들면 동화를 읽어서는 안 된다. 보다 현실적이면서 실제에 적용되고, 실용적인 철학을 바탕으로 하는 책을 읽어야 한다. 동화란 아이들만 읽는 이야기가 아니라, 세간에 떠도는 '미라 같은 이야기'를 말한다. 특히 소위 위인들의 이야기라는 것들이 그런 것들인데, 뭔가 이미지는 그럴 듯하지만 도대체 실생활에 적용하기가 애매모호한 이야기들이다. 매우 추상적이며 구름 잡는 이야기들이다. 유명한 사람이나 위인들이 말했다는 것인데, 각자의 현실 생활에 적용하기가 힘든 이야기들인 것이다.

위인들이 이야기했다는 이유로 자주 인용되는데, 어릴 때 학교에서 배웠던 '미라 같은 이야기들'이 그 원조이다. 예를 들면 에디슨이 말했다는 '천재는 99%의 노력과 1%의 영감으로 만들어진다.'와 같은 말이다. 내가 이 말이 현실과는 동떨어진 거짓말이라는 걸 알았을 때는 학교공부를 이미 다 마친 상태였다.

천재성에 대한 현실에 적용되는 이야기를 하려면 〈아마데우스〉 같은 영화 속에 많이 들어있다. 세간에는 에디슨의 '99% 노력' 같은 이야기가 많이 떠도는데, 이것을 '동화'라고 말하고 있는 것이다. 이에 반해, 〈아마데우스〉를 감독한 밀로스 포만이 영화 속에서 전해주는 것이 바로 현실에 적용되는 철학이 바탕이 되는 이야기이다.

명언은 위인의 명언보다는 내가 실제로 겪고 난 후 결론으로 나오는 엑기스 같은 말들이며, 이것은 이름 모르는 민초들에게서 많이 수집할 수 있다. 각고의 고난을 겪은 일반 사람들에게서 '미라 명언'보다는 '진국 명언'을 많이 접하게 된다.

2

사회가 나를 존중해준다는 느낌이 있는 게 선진사회다

선진사회란 돈 셈이 약한 사람이 많지 않은 사회다. 선진사회의 기본은 질서 있고 신뢰 있는 '딜deal'이고, 딜의 관계가 촘촘하고 안정되게 깔려서 원활하게 돌아가는 사회다. 또한 약속이 잘 지켜지는 사회다. 작은 일상의 약속부터 책임 있는 사람들에 이르기까지 모두 약속이라면 '약속 귀신'이 되어야 한다. 약속이 흔들리면 그 사회는 강한 사회가 아니다.

선진사회는 경쟁을 위한 경쟁이 적어야 한다. 경쟁은 때로는 격화될 수 있으나, 그 마지막은 언제나 냉정을 되찾고 거둘 수 있는 쿨한 경쟁이 되어야 한다. 쿨한 경쟁이란 경쟁에 매몰되어 상대를 생각하고 존중하는 마음까지 내팽개친 채로 경쟁하지 않는 것이다.

선진사회는 사회의 모든 계급이 자신이 노력해서 얻은 재능과 의견을 언제든지 많은 계층에게 존중받을 수 있다는 믿음을 갖고 살아가는 사회다. 특정계급이나 특정분야의 의견만 받아들여지는 게 아니라, 누구든 재능이 있으면 많은 사람들에게 인정받을 수 있는 그런 사회가 선진사회다.

선진사회는 모르는 사람을 막 대하지 않는 사회다. 가족이나 친구 등 가까운 사람을 제외한 그 밖의 사람이 모르는 사람이라고 인식될 때 함부로 대하거나 무례하게 대하는 일이 많으면 선진사회가 아니다.

선진사회는 모르는 사람과 사업을 해도 사기를 안 당하는 정도의 사회다. 아는 사람한테 사기와 배반을 당하는 경우가 많으면 선진사회에 미치지 못하는 사회다.

슬기로운 꼰대는 이런 게 선진사회라는 신념을 가진 자다.

선진사회가 어떤 사회인지 아는 자가 슬콘이다. 무역대국, 수출
대국이 된다든지 또는 우리의 어느 물품이 세계에서 인정받으
면 선진사회가 된 거라고 생각하는 자는 적어도 슬콘은 아니
다. 그냥 옛날 노인일 뿐이다.

3

혁명가보다 보통 사람이 더 나은 이유

혁명이란 혁명가들이 만들고 싶은 대로 세상을 엎어버리고
개조하는 것이다. 혁명가들이 자기 가족을 잘 돌보지 못하는
경우가 많은 것은 애초에 가족보다는 세상을 개조하는 일에 더
욱 관심이 많기 때문이다. 당연히 혁명가에게는 처음부터 가족
따위는 안중에 없다는 말이 맞을 것이다. 이것이 혁명가들이
보통 사람들보다 못한 면이다.

가정교육은 양보와 약속정신으로부터

한국의 가정교육, 정말 괜찮은가? 이런 것을 반문할 수 있어야 한다. '학교교육은 몰라도 가정교육이야말로 최고지.'라고 자신 있게 말할 수 있는가? 가정교육의 중심에는 인격교육이 있어야 하고, 인격교육의 중심에는 더불어 살고자 하는 최소한의 양보 정신이 있어야 한다.

남에게 폐 끼치지 않고, 남과 한 약속과 질서를 잘 지키게 하는 그런 교육이 가정교육의 근간이 되어야 한다. 가정교육이 잘 되었는지 안 되었는지는 그저 남 앞에서 점잖게 보이는 예절교육만이 다가 아니다. 예절은 기가 막힌데 이기주의적인 사람이 얼마나 많은가. 슬콘이 그런 점을 중요하게 생각하고 자신의 가정에 얼마나 그런 '더불어 정신'이 스며들어 있는지 살펴보아야 한다. 자신이 받았던 경쟁교육에서 더 나가지 못하고 그대로 답습하는 교육을 많이는 못 고치겠지만, 슬콘은 그런 교육이 참 잘못되었다는 것을 알고 가야 한다. 그런 반성이 없으면 그냥 꼰대다. 가정교육을 예절교육 정도로 보지 말고 남에게 양보를 요구하면서 약속은 안 지키는 그런 것이 얼마나 잘못된 일인지 가르치는 교육이 되어야 한다. 슬콘이 남을 생각하는 교육을 가정교육의 근간이라고 중요하게 생각한다면, 그 생각은 언젠가는 좋은 영향을 끼치게 될 것이다.

5

위인사상의 오류

누가 그렇게 잘 살다간 사람들이었는가? 영웅들?, 정치지도자들?, 아니면 과학자들? 아무도 잘 살다간 사람들은 없다. 인간들이 신격화하고 장식을 잘해서 그렇지, 어떤 사람이 그렇게 흠집 없이 살다가 갈 수 있겠는가? 어쩌면 시골에서 자연과 함께 순수노동으로 자연에서 산물을 얻어 욕심 없이 소박하게 살다간 사람들이 정말 잘 살다간 사람들인지도 모른다.

위인사상에 현혹되지 말자. 우리 보통 사람들은 위인이 아니다. 마치 위인이 표준인 것처럼 살면, 허상을 좇다 자기를 잃어버리고 허무하게 인생을 끝낸다. 흠집과 허위로 가득 찬 위인을 흉내 내지 말아야 한다. 자신을 찾고 겸허하게 보폭을 유지하는 것은 물론, 지나침을 항상 경계하며, 이기는 것을 최고로 삼지 말고 순간순간 자신을 제어하면서 살면 그것이 잘살다가는 것이다.

허상을 좇지 말자. 허상을 좇게 되면 가뜩이나 허무한 인생이 허망한 시간이 되어버릴 뿐이다. 이렇게 하나 저렇게 하나 나중에 보면 그게 그거다. 김명호 교수의 〈중국인 이야기〉에 보면 다음과 같은 말이 나온다.

'사실 그 사람이 정권을 잡거나, 저 사람이 정권을 잡거나 나중에 보니 누가 잡든지 아무 상관없는 일이었지만, 그때는 그렇게 양편이 갈라져서 죽을 듯이 싸웠다.'

책을 먼저 사놓고 그다음에 읽어라

책을 읽으려 하지 말고 책을 먼저 사라. 책을 읽고 싶다면 어떤 책을 살지 정하고 나서 읽고 싶을 때 읽어라. 책을 사놓고 그다음에 책을 읽는 것이다.

스포츠도 마찬가지다. 어떤 운동을 하기로 했다면 그 운동에 필요한 기구를 사는 것이 아니라, 미리 운동기구나 장비를 사놓고 그다음에 운동을 하려고 작심했을 때 바로 운동을 하는 것이다. 이것이 무엇을 하려고 할 때 우리가 정해야 하는 순서이며, 이 순서가 제일 빨리 어떤 운동이나 취미에 다가가는 길이다. 언젠가 달리기를 해야겠다고 생각했다면 바로 신발가게에 가서 신발을 사야 한다.

욕망에 관하여

배가 너무 고프면 빵을 훔치게 된다. 이것이 욕망의 속성이다. 욕망을 너무 인내하는 자들이여! 인내가 끝내는 불행한 결과를 줄 수 있음을 인지하고 적절한 인내의 방법을 찾으라. 욕망에 관한 한 '참는 것이 이기는 것이다.'가 방법이 될 수 없다. 무조건 참으려고 하는 것은 인간의 한계에 도달하려는 것이요, 평범한 사람이 수도사 같은 생활을 하려는 것과 같다. 한계는 인간이 만들어 낸 것이 아니라 신이 만들어 낸 것이다. 보통 사람이 한계를 넘어서려고 하는 것은, 미물에 지나지 않은 존재가 신을 극복하려는 무모한 짓과 같다. 언제나 한계를 생각하고 적절한 중용을 생활에 적용시키는 사람이 지혜로운 사람이다. 우리는 욕망을 조절하지 못하고 빵을 훔치다가 법의 심판을 받는 사람들을 많이 보아 왔다. 학교교육을 잘 받은 사람들이었지만 결과는 그렇게 불행으로 끝났다. 학교교육이 해주지 못한 분야였고, 어느 누구도 가르쳐주지 않았으며, 알려주는 책도 없었다. 결국 그들은 불행한 결과를 만들었다. 욕망은 적절히 조절해야 한다. 욕망을 너무 많이 참으려고 하다가는 허기가 지고, 그렇게 되면 빵을 훔치는 범죄를 저지르게 된다.

시험공부가 교육은 아니다

교육은 자신과 가족과 사회의 큰 바탕이다. 대부분의 사람들은 그저 공부를 잘하게 하는 것이 교육이라고 생각한다. 거기에 더하여 남들보다 공부를 잘하게 하는 거라고 본다. 남들보다 성적과 등수가 남들보다 높은 게 잘된 교육이라고 생각한다. 그러다 보니 교육은 경쟁이 되고, 경쟁에서 승리하면 잘된 교육이 되는 것이다. 성적 좋은 학생이 만들어지면 교육을 잘 시킨 학부모가 되는 것이다.

그러나 교육은 그렇게 간단한 것이 아니다. 교육은 공부 잘하는 학생을 만드는 것이 아니라, 각 분야에 걸쳐서 학생의 적성을 최대한 계발해 주는 것이고, 여러 인재를 키워 각 분야에 공급해 주는 것이다. 성적 경쟁의 문제점은, 계속 그 경쟁에 매몰되다 보면 나중에는 인재를 뽑는 게 아니라 등수 좋은 사람을 뽑게 된다는 것이며 등수를 인재 순위로 착각하게 된다는 것이다. 사람들은 등수를 매기는 시험이라는 잣대가 지고의 표준이라고 생각하게 되는데, 여기에서 근본 오류가 발생하게 되는 것이다. 시험은 지고의 표준이 될 수 없다. 시험이라는 한 각도에서 치우쳐서 사람을 평가할 수 없는 이유는 한 사람의 능력이라는 것이 매우 복잡하기 때문이다. 어떤 학생은 시험으로 평가할 수 없는 재능이 있으며, 어떤 학생은 그 시기에 어떤 평가에도 재능을 측정하기 어려운 반면, 시간이 지나야 그 재능을 가늠할 수 있는 그런 학생도 있다. 이런 복잡성을 모두 무시해버리고 당장 이제껏 해온 시험 틀로 학생을 평가하려 하니, 평가라기보다는 당장의 줄서기가 될 수밖에 없는 것이며, 말도 안 되는 평가도구로 한 사람을 그냥 재단해버리게 되는 것이다.

그 결과, 장안의 인재를 뽑아야 하는 학교에는 정말 필요한 인재보다는 시험에 무엇을 써 내야 점수획득과 순위결정에 유리한지를 간파한 눈치 빠른 학생들이 들어가게 되는 것이 현실이다. 장안의 유수한 학교가 인재를 품지 못하고, 눈치 빠른 학생들만 잔뜩 품게 되면 진짜 인재는 그냥 사장되고 마는 것이다. 인재가 사장되면 한 국가에 초일류의 기술이나 학문을 제공해줄 사람을 잃어버리게 된다. 눈치 빠르고 성적 좋은 학생들은 대강 꾸려갈 수 있지만, 초일류의 기술이나 학문은 만들지 못한다. 그게 눈치 빠르고 성적 좋은 학생들의 한계다.

진짜 인재나 등수 인재는 비슷하게 보이지만, 시간이 갈수록 등수 인재는 힘이 떨어지게 된다. 새로운 도전에 등수 인재는 취약하다. 왜냐하면 그곳에는 등수순위가 없는 경지이기 때문이다. 그곳은 등수로 공부하거나 시험 문제를 분석해서 결과가 얻어지는 곳이 아니라, 창조적인 사고로 개척해야 하는 새로운 지평이기 때문이다. 그들은 절대로 국가의 운명을 바꿀 수 있는 기술이나 학문을 만들지 못한다. 인재란 국가의 등수를 바꿀 수 있는 역사적인 기술이나 학문을 수립하는 사람이다. 이것을 어찌 시험 하나로 결정할 수 있는가.

시험으로 인재를 뽑을 수 있다는 사고방식은 조선시대 때의 사고와 같다. 과거제를 계속 시행해도 초일류 인재를 발굴할 수 있으며, 등수 인재든 진짜 인재든 국가의 미래와는 아무 관계가 없다고 생각하는 것이나 마찬가지다. 다시 말하지만, 교육은 성적이 아니다.

노는 시간에 공부하는 건 반칙이다

남들이 놀 때 공부해서 성적을 올리는 학생은 정상적인 학교생활을 하고 있는 것이 아니다. 노는 시간은 쓸데없는 시간이 아니다. 어느 기업에서는 신나게 놀아야 새로운 창의를 만들어낼 수 있다고 한 기사를 접한 바 있다. 그만큼 노는 시간은 창조를 위한 에너지축적의 시간이다. 그런데 이런 시간을 성적을 올리기 위한 공부시간으로 만들어 버리는 것은 반칙이며, 정상적인 생활을 하고 있는 것이 아니다. 당연히 공부만 하는 이런 학생들이 성적이 좋고 성적이 좋으니 좋은 학교에 들어가게 된다. 문제는, 그 학생들이 여러 분야에 진출해서 과연 좋은 성적만큼 세계적인 업적을 남기는가 하면 절대 그렇지 않다는 것이다. 모두가 '학문은 무슨. 학문하려 들지 말고 시험이나 잘 볼 생각해!'라고 말하는 듯하다.

　노는 동안 새로운 관심과 호기심을 유발하는 기회를 갖게 되며, 노는 시간에 그동안 배운 여러 지식들에 대해 사고해 보는 기회도 갖게 된다. 이런 귀중한 기회를 공부로 모두 돌려버리면 성적은 올라가지만 창조력과는 멀어지게 되는데, 창조력과 멀어진 사람이 인재가 될 수 있겠는가. 그러다 보니 촌음을 아껴가며 공부만 한 사람들이 사회에 나가서 더러 우스꽝스러운 결정을 하는 경우를 보게 되는 것이다. 부디 노는 시간을 중요하게 생각하고 노는 시간에 공부하는 것은 반칙이라는 풍토가 자리 잡았으면 한다.

10

개성과 군중심리

　용기 있는 사람이 없다. 누가 학원에 다녀서 성적을 올리면 모두 그 학원으로 몰려간다. 아파트 값이 오르면 모두 아파트 구입에 목을 맨다. 누가 커피숍을 해서 돈을 좀 번다고 하면 커피숍 개업 열풍이 몰아친다. 누가 잘되면 사람들은 의심하지 않고 그쪽으로 몰려가서 레드오션이 되어 버린다. 개성 있는 사람은 없고 군중심리만이 난무한다. 이런 쏠림현상이 이상한 데도 불구하고 교수, 언론인을 비롯한 어느 누구 하나 지적하지 않는다. 왜 정말 쓴 소리를 해야 할 곳에 왜 쓴 소리가 없는지 너무나 궁금하다. 남이 돈을 벌고 자기는 좀 손해를 보아도 모른 척 자기 길을 가는 게 용기다. 남 잘 나가는 거 신경 안 쓰고 묵묵히 자기 길을 걸어가는 거야말로 평범한 사람들의 조용한 용기다. 이런 조용한 용기를 가진 사람들이 많아야 사회가 안정되고 더불어 믿는 사회가 된다. 슬기로운 꼰대라면 이런 조용한 용기를 가져야 할 것이다. 늘 이리저리 뭔가 될 것 같은 곳에 냄새 맡고 몰려다니면 정말 꼰대다.

미친 '연'–학연, 지연, 혈연

학연, 지연, 혈연이 사회를 망치고 있다. 연이 닿는 사람들끼리는 정겹고 애틋한데, 연이 조금이라도 닿는 데가 없는 사람이면 아무렇게나 대하는 경우가 많다. 우리 사회가 생면부지의 사람을 대할 때 과연 사심 없이 진실하게 대하는 경우가 많은지 의문스러울 정도다. 물건을 사고 음식을 먹는 등 돈과 결부된 경우를 제외하고는 모르는 사람들이 성심성의껏 대하는 경우를 거의 보지 못한 것 같다. 특히 자동차 추돌사고 등 상호 간의 이해충돌이 발생하여 서로 양보를 필요로 하는 경우에는 더더욱 그렇다. 모르는 사람과의 믿음과 신뢰가 중요한데, 대부분 서로 잘 모르는 사람이라고 생각되면 이해충돌이 일어났을 때 절대 양보하지 않고 자기주장을 많이 하는 것 같다. 조금이라도 관계가 없는 사람이라고 판단되면, 그냥 무시해버리는 건 정말 아니다. 모르는 사람에게 양보하고, 모르는 사람에게 도움을 주는 사람들이 많은 사회가 강한 유대감으로 뭉친 사회다. 과연 이 주제를 두고 익명의 슬기로운 꼰대들은 어떤 생각을 하고, 어떻게 행동하고 있을까.

12

소음 불감증

거리에 자동차 경적소리가 쉼 없이 넘친다. 잠깐의 쉼도 없이 여기저기서 경적소리가 가슴을 철렁하게 만든다. 왜 이렇게 되었는지 모른다. 아무도 경적소리에 대해 문제를 제기하지 않는다. 그게 더 문제다. 갈수록 경적소리가 커지는 현상은 아마 더욱더 야박해져 가는 인심을 반영하는 게 아닐까. 예전에는 기성세대들이 거리에서 더 이상 운전을 못 하는 시대가 되면 경적소리가 줄어들 것으로 생각하였는데, 지금은 젊은 사람들이 운전을 많이 하고 있어도 예전보다 경적소리가 더 많이 울린다. 경적을 울릴 상황도 아닌데 계속 빵빵대니, 거리를 걷다 보면 계속 놀라면서 걸어야 한다.

우리는 왜 이런 것을 문제 삼지 않을까. 우리는 왜 이런 것을 신경 쓰고 사는 게 더 이상한 상황이 되었을까. 나는 경적을 울려대는 건 신뢰의 상실이요, 연대감의 실종이라고 본다. '정말 위험한 상황이 아니면 경적을 울리지 말자.'라고 하면 좀 이상한 사람인가? 우리 슬콘들은 어떻게든 경적을 울리지 않는다.

13

다음 세대에게 무엇을 넘겨줄 것인가

무엇을 가르칠 것인가? 이 시대의 우리 꼰대들은 무엇을 다음 세대에게 가르치고 전수해야 한다고 생각하고 있을까? '노력 끝에 성공 온다. 더 공부들 열심히 해서 1등 성적 만들어 사회에 나가 경쟁에서 승리하는 인간이 되라.'고 가르칠까? '아무도 너에게 돈 한푼 주지 않는다. 사회는 냉정하다. 네가 최고가 되어야 한다.'고 가르칠까? 슬기로운 꼰대는 무엇을 가르치고, 무엇을 보여주어야 하는지를 깊이 생각한다. 가르치는 것만이 가르치는 게 아니다. 보여주는 것도 가르치는 한 방법이다. 그저 늙어서 자기의 이권을 끝까지 챙기는 모습을 보여주면 그건 꼰대고, 그렇게 살라고 가르치는 것이다. 늙어서도 홀연히 자기성찰을 끊임없이 하면서 더불어 삶에 대해 천착한다면 그것은 슬기로운 꼰대다.

다음 세대에게 무엇을 넘겨줄 것인지 꾸준히 생각하고 실천하는 것은 정말 백년대계를 위해 중요한 일이고 엄숙한 사업이다. 제발 자신과 가족의 행복만을 추구하면서 살지 않았으면 한다. 가끔은 남들과의 삶 속에서 무엇을 추구하는 것이 가

치 있는 일인가도 생각하면서 마지막 인생 종반전을 보냈으면
한다. '경쟁에서의 승리 이외에 무슨 다른 가치 있는 것이 있는
가?'라고 반문하며 살지 않길 바란다. 경쟁밖에 모르는 사고와
경쟁지상주의자들을 따라가는 것밖에 없는 그런 생활은 좀 지
양해야 한다.

14

진리는 언제나 유동적

진리는 어느 곳에든 있고 또 어느 곳에도 없다. 따라서 누
구든 어떤 것이 지고의 진리라고 주장할 수 없다. 어느 것이 진
리라고 주장하면 꼰대다. 슬기로운 꼰대는 진리가 상대적인지
를 잘 이해하고 있는 사람이다. 진리가 상대적이라고 생각될
때, 우리는 유연하게 사고하며 포용력을 가지고 여러 계층을
이해하려는 행동을 할 수 있다.

'이것은 아니고 저것이 맞다.'로 규정시켜 버리면 대화가 안
된다. 그것은 바로 '내가 가리키는 방향이 진리다.'라고 주장하
는 것이다. 꼰대가 지지받지 못하는 가장 핵심적인 이유가 바

로 이것이다. 내가 갖고 있는 사고가 진리라는 고정관념이다. 고정관념이 굳어지면 자신이 말하는 게 진리라고 주장하는 것이다. 이 관념을 찾아내서 없애주어야 한다. 이 작업을 꾸준히 실행하면 자기도 모르는 사이에 젊은 생각을 가진 슬기로운 꼰대가 되어 있을 것이다.

15

천재성을 찾아주는 교육

사람들이 보지 못하는 게 보통 사람들의 천재성이다. 자신도 잘 못 보는 경우도 허다하다. 방송에 나오는 천재는 누가 봐도 알아볼 수 있는 천재다. 그건 발견하기 쉬운 천재성이다. 대부분은 발견하지 못한다. 그러나 누구든 자기 안에 천재성을 갖고 있다. 이것을 찾아내어 발휘하게 해주는 게 교육과 사회의 역할이다.

학생시절에 학교에서 찾아낼 수 있는 사람도 있고, 사회에서 찾아주는 사람도 있다. 어떤 사람은 굉장히 늦게 자신의 천재성을 찾는 경우가 있는데, 사실 찾는 것만도 다행일 정도다.

대부분의 사람들은 자신의 몸속에 들어있는 천재성의 '광맥'을 찾지 못하고 생을 마감한다. 아마도 각자의 천재성을 찾는 확률은 금광을 찾는 확률과 같지 않을까. 그래도 찾아주거나 찾으면 그야말로 개인적으로나 국가적으로나 대박이다. 대박이 많아지면 그만큼 국가도 풍요로워진다.

그러려면 학교나 사회에서 사람의 능력을 미리 재단하지 말고 끊임없이 기회를 주고 존중해주는 분위기가 있어야 한다. 학력이나 평가점수로 재단해버리지 않고, 각자에게 무슨 천재성이 있을까 하고 끊임없이 살피는 광맥을 찾는 탐험가가 되어야 한다. 학교나 직장, 사회가 세심하고 이해심 있는 분위기가 될 때, 우리 사회에 천재들이 갈수록 많이 나타나게 될 것이다.

16

독서 실패기

함부로 조언해서는 안 된다. 어릴 때 '책 많이 읽어라.'라는 조언이 내 일생의 독서를 망쳤다.

내가 제대로 독서에 재미를 느낀 건 거의 인생 중반 이후다.

인생의 전반부 동안 책을 많이 읽으라는 말에 무조건 책 권수를 늘리려고 애쓰다가 결국 내용을 제대로 아는 데 실패하였을 뿐 아니라 독서의 재미도 알지 못하게 되었다. 만약 내가 '책을 많이 읽으려고 욕심내지 말고 한 문장 한 줄이라도 함축된 의미를 찾아내려 하고, 그것을 찾고 음미하는 데에 즐거움을 가지도록 하라.'라는 가르침을 받았다면 나는 정말 훌륭한 독서가가 되었을 것이다. 어디서 들었다고 '책 많이 읽어라.' 같은 틀에 박힌 조언을 하지 않는 게 좋다. 조언은 항상 실생활에 적용되도록 각자의 상황과 적성에 맞게 해야 한다. 조언은 근사한 립서비스가 아니라 한 사람의 인생을 바꿀 수도 있는 게임체인저가 될 수 있음을 잊지 말아야 한다. 조언할 게 없다면 그냥 경험담을 말해주는 게 슬기로운 꼰대다.

17

욕쟁이 사회

욕이 너무 많다. 젊은 사람들이 너무 욕을 많이 하는 것 같지만, 늙은 사람들도 뒤지지 않는다. 늙은 사람들이 경쟁과 성적 이외에는 다 허용하게 가르치다 보니, 스트레스를 받은 젊은 사람들이 욕을 밥 먹듯이 하는 것일까. 알고 보면 먼저 욕을 시작한 사람들이 자기네들이라고 증명이나 하듯이 나이 든 사람들도 걸핏하면 욕으로 문장을 시작한다. 친한 친구들과 어울려 다니는 모습을 보면 일단 말의 첫마디가 욕으로 시작하면서 친근함을 드러낸다. 욕을 추임새처럼 집어넣어야 우정이 더 진하고 끈끈해지는 모양새다.

이제 쓰레기 배출을 줄이듯이 욕을 좀 줄이는 상황이 되었다. 욕을 많이 하면 성숙한 문명사회와는 반대방향으로 간다는 사실을 아주 부정하는 것 같진 않은데, 그렇다고 욕 좀 한다고 뭐 그렇게 까탈스럽게 따지느냐고들 한다. 이해는 간다. 사회가 갈수록 무한경쟁으로 치닫고 인심이 고약해지다 보니 스트레스를 말 속에다 욕으로 집어넣고 풀어야한다는 뜻인 것 같다. 그래도 어느 정도 좀 먹고 살거나 학교도 좀 나온 사람이라면 선진사회의 모양새로 가는 데 일조해야 되지 않겠나 싶은데, 좀 배운 사람들도 'C' 소리 섞어가면서 이야기하는 모습을 보면 실망을 넘어 서글픈 생각이 든다.

오늘도 'C', 'J' 이런 소리 들으며 길을 걷는데, 언제나 이런 욕하는 소리가 덜 들릴까 하면서 절망스런 기대를 해보게 된다. 방송에서는 이제 '개'가 들어간 말은 더 이상 욕이 아니고 현대적으로 '강조'하는 '시대에 맞는 접두어'로 공식 인정한 듯하다. 너도나도 앞서거니 뒤서거니 하면서 모든 말에 '개'를 붙여서 유행어로 만들고 있다. 정치적인 큰 사건일 때만 나서설 것이 아니라, 지성인 그룹들 중 누구라도 하나 나서서 '정말 이건 아니지요.'라고 성명서라도 발표하길 바라는 건 너무 엉뚱한 의견일까.

18

콘텐츠와 신뢰문화

SNS 등 첨단 IT는 발달하고 있는데, 정작 대화의 콘텐츠는 그 발달을 따라가지 못하는 것 같다. 하드웨어에 걸맞게 콘텐츠가 높은 수준으로 올라간다는 것은 SNS 대화의 깊이와 예절과 신뢰가 따라간다는 의미이다. SNS를 단순히 약속 잡기나 선물 보내기 등으로만 이용하기에는 뭔가 부족한 게 있는 것 같다. SNS를 통해 욕지거리를 한다든지, 험담을 주고받는다든지 혹은 범죄에 이용된다면 그게 무슨 첨단기술에 걸맞는 콘텐츠라고 할 수 있겠는가. 우선 SNS에 신뢰문화가 자리 잡아야 하는 게 제일 우선이고, 그다음에는 예절, 그 다음에는 문화가 깃든 그런 SNS라야 제대로 된 첨단 SNS라고 본다.

19

만주족은 야만족이었을까

만주족에 대해 심도 있는 교육이 있어야 한다. '천한 야만인들이 병자호란을 일으켜 쳐들어와 엉겁결에 삼전도의 굴욕을 당하였다.'라는 식의 교육은 너무 피상적이고 유치하다. 실제 조선보다 형편없이 인구도 적었던 만주족들이 얼마나 영악하게 국가를 이끌었고 그 힘의 원천은 무엇이었는지 상세하게 파헤쳐서 가르쳐야 한다. 그들에게서 배울 점은 무엇이며 우리는 무엇이 부족하였는지를 가르치지 않는다면, '앞으로의 역사에서 병자호란 같은 일은 절대로 다시 일어나지 않으니 걱정 끄고 살자.'라는 교육이나 다름없다.

역사는 반복되는 것이다. 아마도 많은 사람들이 아직도 만주족을 미개인으로 우습게 보고 있고, '미개인한테 갑작스럽게 허를 찔려 당했다.'라고 생각하는 것 같다. 이런 생각은 참으로 비역사적인 사고다. 4백 년이 지난 지금까지 여진족을 야만족으로 생각하고 산다는 건 정말 '시대를 뛰어넘는 오만함이거나 경직된 완고함'이다. 많은 사람들이 불편한 진실이지만 받아들여서 불행한 역사임에도 많은 것을 깨닫게 하고 배우게 하는 것이 교육이다. 이 교육에는 학교뿐만 아니라 사회의 원로들도 참여해야 한다. 이런 교육에 참여하는 원로가 진실로 슬기로운 꼰대다. 역사는 현재인들이 보는 생생한 교과서요, 참회록이다. 역사를 원한으로 가르치지 말고 실사구시로 가르쳐야 한다. 이것은 학교가 알 일이다.

20

따뜻한 사회 좀 만들면 안 될까

정치, 행정을 담당하는 사람들이 들여다봐야 하는 민심 중의 중요한 하나가 '인심'이다. 인심은 통계지표로 드러나는 것이 아니다. '인심이 흉흉하다.'라든가 '허위·사기가 횡행하고 있다.'는 것처럼 여기저기서 웅성거리는 것으로나 어렴풋이 알 수 있는데 참으로 중요한 것이라 아니할 수 없다. 정치를 하는 사람들이 민심, 민심 하지만 진정한 민심의 바탕은 인심이다. 많은 사람들의 사소한 관계를 지탱해주는 것이 인심이기 때문이다. 인심을 잃으면 관계와 사람을 잃는 것이다. 인심이 야박해지면 사람들의 신뢰관계가 파괴되고, 신뢰의 상실은 사람들에게 관계의 좌절과 소통의 폐쇄로 인한 심한 실망과 분노를 느끼게 하고, 이 좌절과 분노는 반사회적 반작용을 낳아 범죄라든가 사이비 종교 심취, 자살 등 여러 부작용을 낳게 한다.

그래서 인심의 상태야말로 민심의 레이더라고도 할 수 있으며, 정치, 행정을 담당하는 사람들이 이것을 읽을 줄 알아야 한다. 인심이 야박해지면 모르는 사이에 위험사회가 되는 것은 자명하다. 사람들 사이에서 따뜻한 관계가 없어지면 마치 부모의 사랑이 없는 상태에서 자란 아이처럼 서로 냉랭하고 신뢰 없는 관계만이 횡행하게 된다. 사회가 뭉치지 못하고 수많은 모래알로 분해, 분산되는 척박한 사회로 가게 된다. 이런 사회로 가지 않도록 인심을 면밀히 관찰하고 대책을 강구해야 한다. 모든 것이 그렇듯이 장기간의 정책이 필요한, 저변에 깊숙이 자리 잡고 깔려 있는 빈부격차, 부패, 부모 찬스, 무한경쟁 등 불공평한 사회 분위기 등이 있겠지만, 단기간에 개선할 수 있는 '따뜻한 사회 만들기 정책'은 무엇인지도 계속 고민하고 계발해야 한다.

그러나 가장 중요한 것은 사회 상위계층의 솔선수범과 희생정신이다. 인심은 대부분을 차지하는 대중들에게서 발생되는 문제이지만, 고위층과 상류계층에서 '나만 정신', '내 것 확실히 챙기기', '남 몰라라', '성공지상주의', '수단 방법 가리지 않고 돈 벌기', '그들만의 리그 만들기' 등의 꿋꿋한 철학으로 일관하는 사람들이 많으면 많을수록 인심안정과는 점점 더 거리가 멀어진다는 사실을 직시해야 한다. 인심이 따뜻해지면 '살고 싶은 나라'로 이어지고, 그것은 곧 생산성의 증가로 이어진다는 사실에 확신에 찬 신념을 가져야 한다.

21

경쟁밖에 난 몰라

교육이 아이들을 성적경쟁으로 몰아가서 격화되면 아이들은 일분일초를 아끼게 되어 놀지도, 어울리지도 않음으로써 정상 사회생활을 못 하게 된다. 정상 사회생활을 못 하면 세상물정을 모르게 되고, 세상물정을 모르면 이상한 판단, 판결, 결정을 하거나 서로 융화·협력하는 방법을 알 수 없게 된다. 교육이 잘못되면 학교교육에 의해 아이들이 '가스라이팅' 당하게 된다. 경쟁 우선주의에 가스라이팅 당하게 되면, 아이들은 사회에 나가서도 모든 것을 경쟁과 순위의 잣대로 바라보게 된다. '더불어'라는 개념은 뒷전이고, 모든 일에서 우수한 성적을 거두는 것에 주안점을 두게 되면, 만인의 만인에 의한 경쟁으로 변하여 비정하고 삭막한 사회가 되어버린다. 결국 성적경쟁이 생존경쟁으로 진화되는 것이다.

22

한 나라의 발전은 오케스트라 같은 것

특정한 지위와 권력, 수입이 보장되는 분야만을 존경하고 선망하는 사회 분위기가 만들어지면, 여러 다양한 분야의 발달을 원천적으로 봉쇄해버리는 결과를 낳는다. 이런 과집중 현상이 고착화되면 다른 분야로의 엘리트 진출이 사라진다. 그 결과 엘리트가 거부한 여러 분야에서 우리는 계속 고전해야 한다. 예술가, 요리사, 기술자, 만화가, 숙련노동자 등 세상에는 셀 수 없는 너무나 많은 분야가 있다. 이런 다양한 분야가 고루 발달하려면 한 분야에 집중되는 사회 분위기가 형성되지 않도록 해야 한다. 한 나라의 발전은 오케스트라 같은 것인데, 바이올린이나 피아노만 대우해준다면 결코 훌륭한

　오케스트라가 나올 수 없는 것과 같은 이치이다. 학생, 학부모를 포함한 국민들의 목표가 고시 합격이나 의사 등 전문자격 지위에만 집중되지 않도록 세상이 많은 재능 있는 인재들을 필요로 한다는 사실을 잘 주지시켜야 한다. 그것으로 그칠 것이 아니라 그런 인재들을 잘 대우하도록 국가나 기업이나 학교가 나서서 시급히 노력해야 한다. 고시로 줄을 세우면 곳곳에 있어야 할 다양한 분야의 프로들이 사라져 버린다. 아무리 경제가 안 좋아도 특정 분야에만 국민들의 관심이 쏠리는 현상을 경계해야 한다. 이게 안 되면 국가의 균형적인 발전에 큰 방해가 된다. 인재는 다양하게 분포해야 한다. 인재가 편중되면 나라의 균형적 발전은 기대하기 어렵다. 항상 세상은 넓고 분야는 수없이 많다.

아빠찬스

슬콘의 반대는 '아빠찬스'다. 아빠찬스가 진정한 인재의 앞길을 막고, 자라나는 세대에게 희망을 박탈한다. 서구사회는 사회의 낮은 계층에서 얼마나 많은 사람들이 최상위 계층으로 상승을 했는가의 비율을 가지고 한 사회의 위험도를 평가한다고 한다. 얼마 전 어느 서구 평가기관에서 한국이 예전보다 계층상승의 비율이 몹시 낮아져서 사회의 위험도가 높아졌다고 경고하는 기사를 본 일이 있다. 이 계층상승을 억누르는 게 아빠찬스다. 아빠찬스는 하고 싶어도 하면 안 된다. 그것은 국가의 미래를 막아버리는 범죄다. 그것은 자라나는 인재의 희망의 싹수까지 없애버리는 행위이다. 아빠찬스가 계속된다면 아무리 청년 실업, 청년 주택, 청년 결혼, 저출산 문제 등에 대한 정책을 확대해 나간다 하더라도 모두 물거품을 만드는 정책이 되고 만다. 아빠찬스는 망국적인 범죄다. 한마디 말만 해도 청탁을 들어준다고 해도 하면 안 된다. 힘이 있어도 이런 유혹에 넘어가지 않는 사람이 많아야 진정한 노블리스 오블리주가 되고 강한 국가가 만들어진다. 힘없는 보통 사람들이 질서를 잘 지켜줘야 강한 나라가 된다.

일등하는 게 애국이 아니다

애국자란 쿨한 사람을 말한다. 쿨하다는 건 모르는 사람에게 배려하고 감사하는 것이다. 쿨할 게 얼마나 많은가. 구급차가 가면 주변 차들이 비켜주고, 쓰러져 있는 생면부지의 사람에게 심폐소생술해 주고, 밥을 먹으면서 농사지어 추수해 준 농부에게, 또는 어부에게 감사해하는 것이 쿨한 생활이다. 차를 운전하면서 경적을 울리지 않고 양보하는 것, 길바닥의 쓰레기를 줍는 것, 쓰레기를 아무 데나 버리지 않는 것, 모르는 타인에게 예절을 보이는 것, 모르는 사람을 막 대하거나 사기 치지 않는 것 등 이런 쿨한 일들이 많아야 따뜻한 사회이고, 이런 쿨한 사람들이 바로 애국자다. 이런 애국자가 많아야 선진국들이 부러워하는 품격 있는 나라가 된다.

많은 사람들이 엉뚱한 곳에서 애국을 찾고 있는 것 같다. 경쟁에서 앞서나가고 일등을 하는 게 애국이 아니다. 애국은 협력이며 상생이다. 애국은 모르는 같은 민족에게 예절을 표하고, 성의를 보이고, 따뜻하게 대하는 것이다. 학교에서 일등을 하라고 가르치는 게 애국교육이 아니다. 학교에서 모르는 사람에게 어떻게 대해야 하는지를 가르쳐 주는 게 애국교육이다. 시도 때도 없이 머릿속에 자기 손자 얼굴밖에 떠올리는 게 없으면 꼰대고, 모르는 사람에게 따뜻하게 대하려고 노력하면 슬콘이다.

25

따뜻한 사회를 요청함

대변을 욕해서 되겠나? 먹은 걸 탓해야지. 범죄인만을 욕해서 되겠나? 그런 범죄를 낳은 사회도 탓해야지. 무얼 먹었느냐에 따라 그에 따른 대변이 나오듯이, 사회가 어떤 관리를 하였는가에 따라 범죄인들이 탄생한다.

사회구성원 모두에게 권리와 복지가 가도록 세심하게 신경 쓰지 않으면 우후죽순처럼 범죄가 퍼지고, 반대로 사회구성원 모두에게 따뜻하고 균형 있는 복지와 관심이 꾸준히 기울여지면 언젠가는 범죄율이 줄어든다. 부자나 편안한 생활을 하는 사람들이 도둑질을 하지 않는 이치와 마찬가지다. 따뜻한 사회가 되면 범죄는 줄어들게 된다. 이런 이치를 사회가 꾸준히 깨닫고 자기반성을 하는 정책을 펼 때 따뜻한 사회가 된다. 많은 사회 구성원들이 '성공지상주의'에 매몰되지 않고 따뜻한 사회의 당위성을 중시할 때, 소외되고 냉대당하는 사람이 줄어들고 범죄율 역시 줄게 된다. 사회구성원들이 너나 할 것 없이 오직 '성공'에만 포커스를 맞추는 것에 최고의 가치를 부여하면, 실패한 사람들이 갖는 좌절감이 더욱 커지며 그 좌절감이 범죄의 토양이 될 수 있다. 부디 대다수 사회구성원들이 '따뜻한 사회의 중요성'을 깨닫는 날이 오길 기대해 본다.

26

서로 돕기

'서로 돕기'란 친한 사람끼리 도와가며 잘 지내는 게 아니라, 마음이 안 맞는 사이라도 일에서는 평소의 감정을 무시하고 도와가는 그런 쿨한 개념을 말한다. 일이라는 공동의 목표를 위해서는 사사로운 감정은 일단 제치고 본다는 쿨한 정신 말이다. '서로 돕기' 하는 쿨한 사람들은 서로 사이가 안 좋은 것은 대부분 사사로운 감정에서 비롯된다는 사실을 잘 알고 있는 사람들이며, 그것을 일과 완연히 분리시켜 생각해야 한다고 확신하는 사람들이자 그 신념을 오랫동안 간직하고 살아가는 사람들이다. '서로 돕기'가 필요한 곳은 많다. 전쟁에서는 전우애요, 일터에서는 동료애다. 이런 '서로 돕기'가 널리 존재하기 위해서는 공동의 목표에 대한 각자의 냉철한 이성과 굳건한 확신이 필요하다.

27

요즘 많이 쓰고 있는 '들어가실게요.'라는 말의 분석

아마도 이 말이 사용된 게 2005년경 정도 아닐까 생각된다. 원래는 '들어가시겠습니까?'라는 말이었는데, 이 말이 너무 길다 보니 '들어가실까요?' 하기에는 존댓말이 부족한 거 같아 '까'를 '게'로 바꾸어놓은 형태다. '들어가시겠+~할게요=들어가

실게요.'로 된 것 같기도 고, '들어가시도록 할게요.'라는 약간 강제적인 의미도 있는 것 같다. 문제는 이런 말을 들었을 때 이게 경어인지, 아니면 그냥 평상어인지 구분이 안 된다는 거다. '들어가실까요?'라고 하면서 권유하는 존댓말인데, '들어가실'까지 하다가 갑자기 '들어가자.'라고 하는 모양새가 된다. 이미 이 말에 익숙해져서 경어처럼 사용하고 있지만, 사실 경어로 확실하게 하려면 정중하게 '들어가시겠습니까?' 내지는 '들어가실까요?'로 하는 게 낫다. '들어가실게요.'의 '게요'는 '제가 할게요.' 또는 '그렇게 할게요.'처럼 상대방에게 자기가 무엇을 솔선해서 먼저 해주려고 할 때 사용해야 한다. 상대방에게 권유하는 행동을 나타내는 경어에 자기가 '할게요'를 집어넣는 것은 약간 말속에 '어거지'가 있지 않나 생각된다. 이미 통용되고 있는 신조어도 시대상황의 변화를 반영하는 것이라 뭐라고 반박적인 말을 할 수는 없으나, 통용되고 있는 말보다 더 정중한 경어가 있다는 걸 알고 썼으면 한다. 어법으로도 맞지 않는 말이다. 옛날의 언어를 버리지 못하는 꼰대사상이라고 비난해도 할 수 없지만, 가뜩이나 품격이 사라지고 있는 시대에 품격있는 정통 어법은 간직해야 되지 않을까 하는 바람에서 하는 말이다.

'먼저 들어온 사람들이 먼저 나간다.'

먼저 잡힌 포로들이 모두 석방될 때까지 나가지 않겠다.

_ 존 매케인(1936-2018)

***

북베트남 포로가 된 존매케인에게 아버지가 태평양함대사령관인 것을 알자 북베트남은 존매케인에게 일찍 석방해 주겠다는 제의를 한다.

매케인 부자와 어머니 모두 석방을 거부하였다.

28

노블레스 배부르주

소위 배우고 돈 좀 있다는 사람들로 불리는 사람들이 잘해야 나라가 제대로 간다. '배우고 돈 좀 있다는 사람들줄여서 배돈님들'이 갑질을 하지 말아야 나라의 기강이 선다. '배돈님들'이 질서를 흐려 버리면, 나라를 지탱하는 정신과 힘의 공정배분 시스템이 망가져 버린다. 열심히 가르치고 성공할 기회를 주었더니 성공한 배돈님들이 오만과 허세로 힘자랑, 갑질 행세해 버리면 누가 희망을 갖고 살겠는가. 나라는 일단 상위계급이 잘해야 한다고 생각한다. '노블리스 오블리주noblesse oblige'가 나라를 살린다. 머릿속에 오로지 '나의 계속적인 성공'과 '내 가족', '금쪽같은 내 새끼'로만 가득 차 있으면 정말 나라의 앞길이 막막하다. '배돈님들'이 손해를 감수하고 살아줘야 한다. 그래도 재산 좀 있는 분들이니까, 손해라도 큰 손해는 아닐 것이다. 기왕에 성공한 '배돈님'들이 약간의 자기희생과 자기 출혈을 감내하면서 살아줘야 '노블리스 오블리주' 전통이 만들어진다. 이 전통이 있어야 선진국이 된다. 이 전통이 없으면 아무리 수출을 많이 해도 절대로 선진국이 되지 못한다. 경제로만 선진국이 되려 하면 될 듯 될 듯하다 결국 되지 못한다. 선진국 시스템이 있어야 선진국이 되는 것이다. 선진국 시스템이란 상위계층이 '노블리스 오블리주'를 갖지 않으면 사회가 위험해진다는 걸 명확히 깨닫고 있는 사회에서 작동되는 시스템이다. 그리고 학교에서도 성공했을 때 어떤 품격 있고 희생정신을 가진 '배돈님'들이 되어야 하는지를 가르쳐야 한다.

29

금쪽같은 내 새끼

금쪽같은 내 새끼이기 때문에 모든 사람에게 내 새끼가 '금金'이 되어야 한다는 논리는 잘못이다. 금쪽같은 내 새끼는 어디까지나 가족 안에서의 일이고, 밖에서의 평가는 금쪽이 아닐 수도 있으며, 금쪽을 바라서도 안 된다. 가족은 중요한 것이지만, 가족의 가치를 한없이 올려놓으면 가족이기주의가 되어버린다. 가족의 가치는 어떤 거대한 상황에서 국익이나 국가의 가치와 충돌할 때도 생긴다. 그럴 때 가족의 가치를 더 중요하게 생각하면 '애국'과도 충돌할 수 있는 것이다. 그만큼 가족의 가치를 어느 정도까지 사회에 바라고 받아들일 것인가는 생각할 필요가 있는 문제이다.

어쨌든 가족의 가치도 중요하지만, 그것을 극도로 고집하고 양보하지 않을 때는 가족이기주의가 되어버리고 만다는 사실을 깨달아야 한다. 가족의 가치는 지고의 가치이다. 내 새끼를 어떤 경우에도 양보될 수 없는 지고의 가치로 여기면 그야말로 '금쪽같은 내 새끼' 정도가 아니라 '신에 버금가는 내 새끼'가 되어버린다. 그렇게 되면 도저히 가치 정립이 혼란스러워진다. 결론은, 어느 정도로만 '금쪽같은 내 새끼'가 되어야지, '이 세상의 최고의 가치인 내 새끼'로까지 올라가 버리면 곤란하다는 말이다. 왜냐하면 '내 새끼'가 살아가는 세상은 많은 사람들과 함께 부대끼고 살아야만 하는 양보가 필요한 세상이기 때문이다. 가족이면 모두 우선적으로 통하고, 가족을 내세우면 모든 것이 양보되어야 하는 것으로 생각되는 분위기가 완벽한 사회 분위기라고 여겨야 하는지 의문이 든다.

30

아는 형님

　모르는 사람이라도 공정하게 대해야 한다. 모르는 사람이라서 불공평하게 대하면 다음에 소위 '빽'을 써서 일을 쉽게 처리하려고 한다. 아는 사람 빽으로 소개받아 잘해주면 다음에도 그냥 부딪히기보다는 '빽'을 써서 '편하고 순조롭게' 더 대접받으며 일을 처리할 수 있다는 학습효과가 발생한다. 이것이 '빽의 사회학'이다. '빽쓰고 죽었다.'고 빈정대던 시절이 있었지만, 지금도 '빽'은 여전히 그 위력을 잃지 않고 건재하다.

모두들 '아는 형님'이나 '아는 분', '아는 힘 있는 분' 같은 걸 추구하고, 또 찾아다니면서 인간관계의 풍부함에 열을 올리고들 있다. 모르는 사람에게 성의 없이 대하거나 박대하게 되면 기댈 곳은 '아는 사람'뿐이고, '아는 형님'밖에 없는 것은 당연하다. 안정되고 훈훈하고 단결된 사회를 만들려면 모르는 사람을 대할 때 성의를 다하는 습관을 기르고 갖추어야 한다.

상대가 모르는 사람이어서 아무렇게나 대하는 그런 나쁜 습관을 가지면 사회가 분열되고 냉혹하게 된다는 사실을 많은 사람이 공감하고 자성해야 한다. 아니면 우리도 중국처럼 철저한 '꽌시 사회'가 될 수밖에 없는 것이다. '세상에 믿을 놈 하나 없다.' 같은 시쳇말들이 많이 통용될수록 좋은 사회 분위기가 아니다. 모르는 사람들도 다 우리 민족이다. 길거리에서 만나는 불특정 다수의 모르는 사람들에게 공평하게 성의와 친절을 다하자. 그것이 애족의 출발이라고 생각한다.

효에 관하여

　효를 자식이 자발적으로 행하는 부모에 대한 도리요, 사랑의 실천이라고들 생각하지만, 효의 원천은 사실 부모가 제공하는 것이다. 부모가 주는 무조건적인 사랑을 받고 자라는 자식은 그 사랑을 마음속 깊이 간직하며 자신의 정서와 정신의 밑바닥에 부모님의 사랑의 에너지가 흐르게 된다. 이 사랑의 에너지가 효를 행하는 원천이 되는 것이다. 그러니 효는 부모가 하게 만드는 것이다. 그럼, 부모님의 사랑은 무엇인가. 부모님의 사랑의 핵심은 자식에 대한 지지다. 자식을 칭찬하고 지지하며, 자식의 어떤 행동도 믿어주는 것이 바로 부모의 지극한 사랑인 것이다. 살면서 어쩔 수 없이 실수도 하고 부족함도 느끼는 자식이지만, 부모는 그 자식을 지지하고 믿어주며, 항상 칭찬하고 동의해준다. 이런 부모의 지지가 사랑으로 자식에게 전달되어 감동을 주고, 그 감동이 효행이라는 것으로 나타나는 것이다.

32

외로움을 화합의 연결고리로

각자 남에게 이야기하지 못하는 비밀들이 있다는 자체가 모두 외롭다는 증거다. 외로움이란 각자의 이름처럼 자기에게 고유한 하나의 현상이며, 지극히 자연스런 상태이다. 외로움을 특이한 현상으로 보면 안 되고, 일생을 살아가면서 누구나 겪는 평범한 감정이라는 인식을 가져야 한다. 사람들이 모두 외로움을 겪는다고 인식할 때 비로소 다른 사람들도 같은 상태라는 공감을 갖게 되며, 따라서 먼 곳에 사는 생면부지의 사람과 만나더라도 쉽게 서로 친해질 수 있다. 외로운 존재끼리 서로 원초적 공감을 하게 되며, 그것을 느낄 때 그들은 서로 친해지지 않을 아무 이유가 없게 되는 것이다. 이것으로 외로움 때문에 모르는 사람들이 서로 교류하고 결합하며, 때로 단결하고 의기투합하는 계기를 얻게 된다. 이것이 외로움이 주는 큰 이익이다. 외로움을 잘 분석하고, 외로움의 이점을 유용하게 차용하면, 처음 보는 같은 사람끼리 서로 속이지 않고 정서적으로나 물질적으로나 도움을 주는 훌륭한 사회를 만들 수 있다.

교육자보다 학부모

개혁이란 '또라이' 소리를 듣는 것이고, '또라이' 소리를 듣는 것이 두렵지 않은 사람들이 하는 것이다. 개혁이란 욕을 얻어먹을 각오로 하는 것이다. 그래서 개혁이 어려운 것이고, 개혁을 잘 하지 않으려고 한다. 개혁은 과거와의 결별이 필요하면서 앞은 잘 안 보이는 미래로 향하는 길이다. 따라서 비전이 없는 사람들이나 열정이 없는 사람들은 그 선택을 할 수가 없다. 개혁은 창의적인 길이기 때문에 평범한 생각으로는 행하기 어렵다. 개혁은 새로운 생각을 찾아 떠나는 여행이기 때문에 미지의 길을 찾아 나서는 개척자의 길이며 모험의 길이다.

개혁자가 많은 나라는 개혁가를 지지해주는 사람들이 많은 나라다. 개혁을 지지하고 존중하는 사람들이 많아야 개혁자가 많아진다. 개혁을 지지하는 사람들이 많으려면 학교에서부터 개혁을 중요시하는 교육이 시행되어야 한다. 개혁을 중요시하는 교육이 시행되려면 개혁을 신봉하는 교육자들이 많아야 한다. 개혁주의 교육자들이 많으려면 개혁의 중요성을 잃지 않으려 하는 학부모들이 많아야 한다. 결국 개혁을 이끌려면 사회

분위기와 교육이 중요하다. 이런 중요성을 알고 개혁하는 사회로 이끌려고 하는 선각자들이 많아야 한다.

34

거리의 온도

어떻게 말하고 어느 방향으로 돈을 쓰고 있는가에 따라 인품과 인격이 달라지며, 인생의 내용이 달라진다. 결국은 입과 돈이다. 입으로 덕담을 많이 하고 다녀도 돈을 쓰지 않으면 '입만 산 사람'이 되는 것이고, 돈을 쓰면서도 덕담 하나 없으면 상대에게 모욕감을 주는 일이 되어 돈 쓰는 것도 아무 소용없는 일이 된다. 어떻게 입과 돈을 잘 조절해서 사용할 것인지에 따라 넉넉하고 푸근한 사람으로 인식되거나, 아니면 돈 자랑하면서 사는 인생으로 인식되거나, 구두쇠로 인식되며 살게 되거나 이 중 한 가지가 된다.

알고 보면 간단하다. 사람을 상대할 때마다 입으로 할 수 있는 일을 힘껏 하고, 기회가 있을 때마다 자신의 혈액인 돈으로 할 수 있는 일을 놓치지 않고 행하면 제대로 업적이 있는 인생이 되는 것이다. 그러려면 일단 사람을 존중하는 정신과 신뢰를 소중히 여기는 가치관이 필수적이다. 사람을 존중하고 신뢰를 소중히 여기면 따뜻한 인생이 되고, 따뜻한 사회가 된다. 따뜻한 사회가 나와 우리들이 살아가는 데 너무나 중요한 점이라는 생각을 많은 사람들이 가져야 한다. 나와 내 가족이 따뜻하게 되는 것만을 유일한 가치관으로 생각하는 사람들이 많지 않도록 노력해야 한다. 보통 사람들이 따뜻한 사회에 대한 가치관이 희미해지면 금방 비정한 사회로 넘어가는 위험이 있는 게 사회다. 우리 모두 항상 따뜻해야 한다고 생각하는 사람들이 길거리에 가득 차는 사회를 상상해 본다.

35

'무시당했다'의 사회학

'나를 무시했다.', '무시당했다.'는 이유 때문에 다툼이 일어나고 우발적인 범죄도 발생한다. 왜 이리 무시당했다는 사람들이 많은가. 무시당했다는 건 자기의 자존심, 자존감을 건드렸다는 건데, 대부분 말로 시작된다. 한마디로 원인 제공자는 사실 말을 함부로 했거나, 실수로 말을 잘못한 사람이다. 그 일에 대해 사과도 없는 상황이 그 발단이 되는 만큼, 이런 말의 실수나 무시하는 말을 안 하면 다툼이 일어나지 않고, 사람들의 스트레스가 많이 줄어든다.

모르는 사람이나, 사회적 교육적 수준이 낮고 약자라고 생각되는 사람들에게 말을 함부로 내뱉거나, 경적을 마구 울려대거나, 같은 말도 비속어를 쓰는 등의 행태가 사회분위기를 망치는 주범이다. 욕으로 인식되던 말들이 평범한 일상어로 둔갑한 현실이나, 차를 몰면서 배려해주지 않거나, 양보하지 않고 자기가 먼저 하려는 희박한 질서의식 등이 남을 무시하는 행태이다.

서로 돕는 사회란 상대방을 존중하는 사회요, 상대방을 존중한다는 건 상대방의 자존감과 자존심을 상하지 않게 해준다는 것이다. 모든 사회 문제의 중심에는 구성원들이 서로의 자존감을 손상시키지 않으려고 노력하는 자세에 달려 있다고 본다. 사회구성원들이 자신들의 자세와 말씨로 말미암아 다른 구성원들의 자존감에 상처를 줄 수 있다는 사실을 항상 염두에 두며살아가는 사회란 너무 이상적인가?

제4장

행복

상상하면 행복해진다

매일 매시간 즐거운 상상을 하라. 생활 속에서 즐거운 상상을 하고, 상상하는 생활이 습관화되어야 한다. 상상은 현재를 기쁘게 만들고, 현재가 상상의 실현을 위한 생산적인 시간임을 확신시켜 주며, 현재의 시간을 인내하며 살아가고 있는 자신을 고무시킨다. 상상은 창조이며, 상상할수록 더욱더 생활을 다채롭고 창조적으로 바꾸며, 그것은 고스란히 상상하는 현재의 시간을 충만하게 만든다. 상상의 나래를 펴는 순간, 그 사람은 생산적이면서도 역동적인 미래를 기획하는 창조자가 된다. 그의 역동적인 미래는 상상하는 생활로부터 비롯되는 탄탄한 것이다. 상상만으로 생활이 역동적이 되며 기쁨으로 충만하게 되는 것이다. 끊임없는 상상이야말로 지치기 쉬운 인생의 시간들에 대한 해결책이며 에너지원이다.

2

즐거운 제갈량이 되라

즐거움도 전략이다. 즐거운 생활을 기획하려면 전략이 필요하다. 즐거움의 전략은 긍정적인 마인드에서 나오며 낙관적인 가치관을 바탕으로 한다. 삶이 마냥 즐겁지만은 않은데, 그곳에서 즐거움을 추출하려면 발상의 전략을 끊임없이 추구해야한다. 즐거움 전략의 제갈량, 즐거운 세계로 나아가는 자는 즐거운 제갈량이 되어야 한다. 즐거운 제갈량은 자기 안에 즐거움의 전략 주머니를 갖고 그것을 끊임없이 개발하는 자이다.

3

애매한 친구보다 확실한 단골가게가 낫다

친구를 사귀려고 애쓰지 말고 단골을 만들어라. 친구나 우정이란 개념은 몹시 어려운 과제다. 그건 마치 여자나 사랑과 같은 꽤나 까다롭고 역사상으로도 풀리지 않는 과제다. 또한 그 개념들은 개개인이 모두 달라서 일률적으로 풀어내고 습득하기가 어렵다. 누구나 알아들을 수 있는 것처럼 보이는 이런 모호하고 천차만별의 개념을 가진 친구, 우정에 투자하지 말고 단골을 만들어라. 단골은 당신이 주는 금액만큼의 대가를 서비스해주는 확실한 딜의 관계이다.

그러나 친구는 그 기브 앤 테이크가 불확실한 경우가 많기 때문에 서로 갈등으로 번지는 경우가 다반사이다. 단골은 확실한 기브 앤 테이크가 있으며, 서로 부담 없이 확실한 대가를 공유하고 매우 신뢰할 수 있는 원원하는 관계이며, 매우 쿨한 딜을 주고받는 '딜 친구'이다. 확실한 관계를 원한다면, 당신은 단골로 만들 수 있는 가게로 달려가야 한다.

4

작은 행복 방랑자

노후에는 일상의 널려있는 작은 행복을 주우러 다니는 방랑자가 되어야 한다. 특별한 방향이나 목표도 없이, 목표에 대한 압박감도 없이 돌아다니는 행복의 방랑자, 행복의 사냥꾼이 되어야 한다. 행복의 방랑, 그 자체가 사는 목표가 되어야 한다. 행복의 개울의 흐름을 타고 그냥 흘러가는 것이다. 주변 경치를 감상하면서 떠내려가는 생활을 하는 것이다. 그냥 유유히 강의 흐름에 몸을 맡기고 흘러가는 것이다. 누구한테도 휘둘리지 않고, 세상의 온갖 선전에도 현혹되지 않고 흘러가는 것, 그래서 과거의 관습에서도 자꾸 멀리 떨어져 가는 것, 이것이 노후의 유유자적이다.

친구만이 답은 아니다

친구 없이 사는 인생을 큰 실패라고 하는 말들이 세상에 많이 떠돌지만, 친구 없이 사는 장르도 있다는 걸 말해주고 싶다. 어떤 사람들은 친구를 사귀는 것에 대해 기쁨보다 스트레스가 더 많을 수 있다는 사실도 참조해야 한다. 진정한 친구한 사람 구하는 것은 행복을 구하는 것처럼 어렵다. 따라서 친구를 사귀라고 조언하는 것은 아무에게나 행복하게 살라고 말하는 것만큼 어려운 일을 주문하는 것이다. 친구를 사귀라고 조언하기보다는 괜찮은 사람을 찾아보라고 말해주는 것이 더욱 흥미 있는 조언이다.

그런데 자신과 의견이 맞는 괜찮은 사람을 찾는 것은 친구의 범주보다 훨씬 넓고 매우 흥미 있는 장르이다. 친구를 좁은 주위에서 애타게 찾지 말고, 오히려 '사람'을 찾아 나서는 여행을 하는 것이 훨씬 수월하고 재미있는 일일 수 있다. 이런 것도 스스로의 창의적인 인생에 새로운 장르가 될 수 있다.

사는 것은 어렵지만 일상은 희망이다

즐겁게 산다는 것은 인생의 작은 분자인 일상을 즐거움으로 충만해야 한다는 말이다. 즐겁게 생활하려면 실천을 잘하는 것이 중요하고, 실천을 잘하려면 현실적으로 쉽게 실천할 수 있는 방법을 만드는 것이 중요하다.

여러 가지 각자 창의적인 방법을 꾸준히 모색하는 것이 좋다. 하나의 예로는 매일 즐길 일을 한 가지씩 생각하려 하고, 매일 재미있는 일을 한 가지씩 실천해 보는 것이다. 대부분 안 좋은 일들이 우리에게 엄습해오는 게 인생인데, 그 가운데서도 이렇게 실천방법을 생각해내서 즐거움과 즐김을 위해 분투하는 것, 그것이 슬기로운 인생이다.

자신을 나무라지 말라

스트레스를 받지 않고 살기란 불가능하다. 스트레스를 많이 받으면 정신이 돌아버릴 것 같은 지경이 된다. 그만큼 스트레스라는 것은 쉬운 상대가 아니다. 그러나 우리는 스트레스 자체만이 아니라, 스트레스 때문에 괴로워하는 자신에 대해서도 괴로워하게 된다. 스트레스를 받고 당연히 괴로워할 수밖에 없는 자신을 나무라지는 말자. 그래야 스트레스에서 잘 회복되고 또 다른 스트레스에 대해서도 저항력을 가지게 된다. 스트레스를 받지 않는 사람은 없지만, 스트레스를 잘 다루어서 몸에 가해지는 손해를 최소화할 수는 있다. 뭐니 뭐니 해도 스트레스의 천적은 망각과 세월이다. 세월은 언제나 약이고, 스트레스의 명약은 거대한 세월 속에 묻혀버리는 망각이다.

생각의 조각들을 기록하라

자신의 문장과 기록을 저축하라. 돈을 모으는 것만이 저축이 아니다. 저축의 분야는 널려있다. 특히 우리가 떠올리는 여러 문장과 글이야말로 귀중한 사색의 정수요, 각자 나름의 심적 자산이다. 그러나 잊고 흘려보낼 수 있다. 적극적으로 잊지 않게 기록하고 기억해야 한다. 이것이 글 저축이요, 문장 저축이요, 마음의 저축이다.

사색이나 상상의 나래를 펼칠 때 나타나는 자신의 '문학세상'을 기록하여 저축하자. 나를 기억하고, 내 말의 의미를 기억하는 작업은 중요하다. 각자는 자신의 역사가요, 각자의 글은 자신의 역사 기록이요, 각자의 문장은 자신의 언어다. 자신의 문장과 글을 짧은 한 줄씩이라도 지나치지 말고 기록하여 저장하라.

순간 티끌 모아 행복 태산

일상을 탄력 있게 계획하고, 변화무쌍하고 리드미컬하게 조절하며 살아야 한다. 매 순간 다양한 아이디어로 시간을 기획하고 행동하는 플래너가 되어야 한다. 행복은 순간순간에 있는 것, 순간을 무시하면 현재를 무시하게 된다. 현재에 충실하고 현재를 즐긴다는 건 순간을 중요시하며 놓치지 않고 순간을 기획하며, 순간순간 민첩하게 행동하는 것이다.

행복이란 짧은 순간이며, 짧은 순간이 모여 일상을 만든다. 일상을 행복하게 보내려면 순간순간 작은 행복을 포착, 검색하며, 축적하여 추적자가 되어야 한다. 이것이 일상의 '행복 추적자'의 시간이다. 순간순간 어떻게 방향을 잡아야 하고, 무엇이 행복의 원천이 되는 것인지 알아채려고 노력하는 사람만이 인생의 작은 행복과 평화를 얻을 수 있다. 행복이란 사막에서 이슬방울을 찾아 잠시 갈증을 해소하며 느끼는 꿀맛 같은 것이다. 인생의 짧은 행복을 모르고 긴 행복한 시간을 얻으려는 것이야말로 허무한 기다림이요, 신기루를 찾아가는 것이다. 결국 이런 사람은 신기루를 찾다가 아무것도 보지 못하고 죽게 된다.

귀·여·운·미·소·녀

세상을 재미있게 사는 방법

귀 ─귀중한 것 찾기, 또는 귀가 얇으면 안 된다_{주관을 견지하고}.

여 ─여행

운 ─운동

미 ─미식

소 ─쇼핑/적절한 소비

녀 ─여유로운 생활

또는 5E

① Eat

② Excursion(or Everywhere)

③ Exercise

④ Expedition(or Easygoing)

⑤ Excretion

행복은 보물찾기

행복은 보물찾기요, 장비다. 싸든 비싸든 생활을 윤택하게 하고, 재미나게 하고, 편리하게 하여 쓸수록 신이 나게 만드는 그런 물건이다. 쓰면 쓸수록 행복감이 뿌듯하게 가슴에 차오는 그런 물건이 대박물건이다. 대박물건을 많이 구할수록 행복감도 커지게 된다. 대박물건을 찾는 과정 또한 즐거움이 아닐 수 없다. 행복감을 주는 대박물건을 찾아 나서는 것, 실패가 있을 수 있기 때문에 이 또한 모험이기에 작은 스릴을 맛볼 수 있다. 보면 볼수록, 사용하면 사용할수록 행복하게 되는 그런 장비를 찾아 나서라. 그것이 일상의 또 한 가지 모험이요, 즐거운 모색이다.

다양한 취미에 관하여

취미란 참으로 다양하다. 꼰대들의 어린 시절, 취미를 말하라고 하면 독서, 산책, 음악감상 등등 틀에 박힌 식으로 대답했었다. 그러나 지금은 다양한 사람들이 다양한 취미를 가지고 산다. 우리 꼰대들도 과거의 틀에 박힌 취미 말고 새로운 취미를 발굴해야 한다. 거창한 게 아니다. 예를 들면, 문장 모으기, 기념품 사기, 기념품 사서 진열하기, 웃어넘기기, 즐거운 생각하기, 남 이야기 듣기 등등이다. 취미란 일상을 기쁨과 창조로 승화시키는 에너지이자 습관 같은 일상으로부터의 휴양이다. 자기에게 맞는 취미 발굴이야말로 인생을 재미있게 사는 숨은 비결이다.

이거 대박인데

 생활하면서 조금이라도 뭔가 좋은 기분이 들면 바로 이렇게 외쳐야 한다.

 '이거 대박이야!', '이거 고난도인데 내가 해냈네.', '이번 일 정말 잘 해결했네.'

 이렇게 자신에게 외치면 기쁨이 배가 된다. 기쁨을 배로 만드는 생활이 행복한 생활이다. 물건을 사 와서 사용하기 좋으면 바로 '이거 대박!' 이렇게 자신에게 외쳐주면 얼마나 기쁘겠는가. 작은 기쁨을 큰 기쁨으로 만드는 비결이 여기에 있다. 세상에 신나는 일이 얼마나 그리 많겠는가. 비결은 작은 신나는 일을 많이 만드는 것이다. 내 마음을 신나게 만들면 된다.

14

입이 문제다

　싸움이나 갈등은 항상 자신으로부터 시작된다. 싸우면 상대방을 나무라지만, 잘 생각해보면 대부분의 시작은 '자신의 입'이 발단이었음을 알 수 있다. 자신이 그렇게 말을 하지 않았으면 아무 일도 없었을 것이다. 자신의 그런 말을 꺼내지 않았으면 아무 일도 없었을 것이다. 자신이 그런 단어를 안 내뱉었으면 아무 일도 없었을 것이다. 자기의 입이 그 말을 내뱉는 바람에 싸움과 갈등이 시작된 것이다. 자기 입이 문제다. 입조심해야 한다. 싸움을 만들지 않으려면 입단속부터 해야 한다.

15

행복은 감정조절로부터

　행복은 감정조절을 통해 마음의 평화를 얻는 것이다. 행복하려면 감정을 추스를 줄 알아야 한다. 마음의 평화는 감정을 조절할 때 찾아오는 것이다. 감정을 조절하려면 자신을 낮추어야 하고, 자신의 욕구를 눌러야 하며, 이기고자 하는 욕심을 포기해야 한다. 욕심을 지향하고 경쟁의 승자가 되려고 하면 마음의 평화는 찾아오지 않는다. 감정조절은 욕심을 포기하는 것이다. 마음을 내려놓아야 감정조절이 되고 그래야 마음의 평화가 찾아온다. 말처럼 쉬운 건 아니지만, 이런 과정을 마음속에서 훈련하면 마음이 잠깐 평화로운 횟수가 좀 늘어가는 경지에 도달한다. 완벽한 평화의 경지는 수도자가 지향하는 경지이다. 우리 보통 사람들은 요 정도의 경지면 성공한 거다.

16

일상의 많은 조각들을 모으다

전문가가 아니어도 취미의 조각들을 계속 모아야 한다. 예를 들어 글을 쓰는 게 좋으면 문장과 글 조각들을 생각날 때마다 적어놓고 모아야 하며, 그림이 좋으면 삽화나 그림 조각들을 모아 놓으면 된다. 좋아하는 작은 소품을 모아 놓듯이, 글이나 그림들도 모아 놓으면 훌륭한 자산이 된다. 마치 일기처럼 시간이 날 때마다 조금씩 모아 놓는 습관이 중요하다. 작가가 아니면 어떤가. 모아 놓으면 작가가 되는 것이다.

18

'조금만 더 인생' 사절

'조금 더!, 조금 더!' 하다가 마감하는 게 인생이다. 조금만 더 일하고, 조금만 더 벌고, 조금만 더 자식 위해 일하고, 조금만 더 돈을 모으고 하다가 시간을 다 소비하는 게 인생이다. 즐기는 인생에 '조금만 더~'라는 건 없다. 그야말로 'Do it now!'다. 인생은 한 번뿐이라 말하는 사람은 많지만, 정말 한 번뿐인 인생인 것처럼 사는 사람은 많지 않다. 물론 한 번뿐인 인생을 창조적으로 즐기기 위해서 젊을 때부터 많은 준비가 필요하겠지만, 그런 준비가 된 슬기로운 꼰대라면 '조금만 더 인생'의 부질없는 기다림이란 한 번뿐인 인생을 망각하다가 마감하는 인생이라는 것을 누구보다도 잘 알고 있는 사람일 것이다. 이제 '조금만 더' 말고 '더~이제 그만'으로 노후라는 남은 시간을 알차고 기쁨으로 충만하게 채워나가야 한다.

인생은 끝이 없기 때문에
끝을 내야 한다.

(저자)

18

나는 오해를 내 탓으로 돌리기로 했다

　기분을 나쁘게 하는 것들과 어떻게 대응하고 어떻게 싸워 갈 것인가. 살다 보면 기분을 나쁘게 하는 것들이 많이 생기게 된다. 기분을 나쁘게 하는 것들의 종류를 정리해 보면 모두가 당연히 불쾌하게 여기는 것들이다. 어떤 것은 불쾌할 정도까지는 아닌데도 더 불쾌하게 느끼게 된다. 모두 불쾌하게 여기는 거라 나도 기분이 나빠지게 되는 건 당연한데, 이런 경우에도 내가 조금만 마음을 비운다든지, 내 마음을 조정한다면 기분 나쁜 정도가 많이 경감될 수 있다. 이 점을 착안한다면 기분 나쁜 일을 당해도 예전처럼 기분 나쁜 상태가 오래가지 않을 수 있다. 다음이 더 문제인데, 특히 대화할 때 상대는 전혀 기분 나쁘게 하려는 의도가 없었지만, 내가 기분 나쁘게 받아들인 경우이다. 이런 경우에는 오해라는 것에 집중하여 생각해야 하는데, 이것도 훈련이 필요하다고 본다. 상대의 의도가 나쁜 의도가 아님에도 내가 화를 내고 기분 나쁘게 받아들일 수 있다는 걸 알고, 대부분 그 이유가 상대가 아닌 나한테 그 원인이 있다는 사실에 집중해서 사고하고, 자신의 문제임을 자각하려는 훈련이 필요하다는 것이다.

19

이해와 포용

세상사 다 자기 생각하기 나름이다. 같은 일이라도 서럽고 아니꼽게 생각하면 서글퍼져 기분 나빠지고, 같은 일이라도 좋은 방향으로 생각하고 상대방의 관점에서 역지사지로 이해하면 마음이 활짝 열리고 기분 좋게 된다.

세상에는 오해라는 뿌리 깊은 악연이 있으며, 첫 단추를 잘못 꿰면 바로 이 악연의 블랙홀로 빠져들게 된다. 얼마나 이 오해의 블랙홀이 해결하기 힘들면, 어느 영화감독은 꾸준하게 오해라는 화두에 천착해서 영화를 만든다고 하겠는가. 권력가가 이 오해의 늪에 빠지면 사람도 죽이지 않던가. 이 오해의 늪에 빠지지 말고 이해와 포용으로 세상사를 대해서 마음의 평화를 얻는 게 상수다. 물론 잘 안 되겠지만, 매 순간 이해와 포용을 훈련하여 자기 것으로 만들어 살아가 보자.

20

이미 늦은 것은 늦는 운명

5분 늦게 출발하면서 제시간에 도착하려 하지 말라. 늦은 것은 늦은 것이고, 늦은 것은 늦은 결과를 낳는다. 이미 늦었는데 늦지 않으려고 하면 서둘러야 하고, 서두르면 반드시 무리하게 되며, 무리하면 사고가 생긴다. 모든 것은 무리해서 생기는 것. 늦게 출발한 자체가 오늘의 운명이라고 받아들이자. 늦은 운명이 꼭 나중에까지 늦은 운명으로 끝나는 건 아니다. 늦은 것을 서둘러서 만회하려 하지 말고, 늦었으면 마음을 비우고 늦게 가는 게 상책이다. 고속도로변에 이런 광고판이 있지 않던가.

'5분 빨리 가려다 50년 먼저 간다.'

21
과거의 일기 다시 읽기

과거에 자신이 쓴 글을 다시 읽어보라. 일기도 좋고, 저장해 둔 메모도 좋다. 자기가 쓴 글을 다시 읽어보면 예전에 정리해 놓았던 사색과 명상의 귀중한 결과물을 다시 얻을 수 있다. 자신의 정리는 귀중한 것이다. 그러나 잊어버릴 수 있다. 잊지 않고 그 귀중한 결과물을 기억하는 방법은 다시 읽어보는 것이다. 거기에 자신이 깨닫고 반성한 시간들이 있다. 예전 자신의 글을 읽음으로써 깨달음의 시간을 아낄 수 있으며, 과거의 귀중한 깨달음을 잊지 않고 간직할 수 있다.

혼자 생활 완성하기

혼자 있는 생활을 즐기고 완성해야 한다. 세상사람들이 더러 '노후에 갈수록 사람을 많이 사귀어라. 사람들과 자주 만나야 한다.'는 말들을 하지만, 어떤 사람들에게는 사람을 많이 사귄다는 것이 스트레스다. 사람을 좋아해서 사람 사귀기를 즐기는 사람도 있지만, 어떤 사람들에게는 그렇지 않다.

사람 사귀기도 하나의 적성이고 재능이다. 세상에서는 그 적성이나 재능이 없는데도 뭉뚱그려서 사람을 많이 만나야 한다고들 한다. 이런 조언은 사람 개개인에 대한 맞춤 조언에서 벗어난 탐탁한 조언은 아니라고 본다. 요즘 젊은이들도 어쩔 수 없이 혼자 술을 먹고 밥을 먹기도 하지만, 또 혼자서 밥 먹고 술 마시는 걸 즐기는 부류도 많이 있다.

노인들도 마찬가지다. 많은 사람들과 떠들썩하게 만나는 것보다 혼자 조용히 밥과 술을 즐기고 싶은 사람들도 많다. 노후에도 새로운 장르 개발은 유효하다. 혼자 있는 생활을 완성해야 한다.

고독한 자만이 우정의 완전한 기쁨을 안다. 다른 사람들에게는 가족이 있으나 고독한 자에게는 친구가 전부다.

_ 위라 캐더(1873-1947), 미국 소설가

23

좋은 낱말 되뇌기

겸손, 감사, 이타, 보답, 하심 등등 좋은 낱말들을 매 순간 되뇌어라. 좋은 단어들을 자꾸 속삭이다 보면 어느새 마음의 평화가 찾아온다. 좋은 생각은 좋은 문장에서 시작되고, 좋은 문장은 좋은 단어에서 시작된다.

문장을 짓고 글을 꾸미려 하지 말고, 좋은 단어가 발견되면 화두처럼 간직하여 기록하고, 자꾸 되뇌어야 한다. 좋은 단어란 마음을 가라앉혀주는 낱말로서 짧은 순간 명상하게 하고, 잠깐 멈춰 서서 자신을 낮추게 하며, 바쁘고 고단한 삶을 다시 보게 만든다. 좋은 말을 되새기고 속삭이면 마음의 안식과 평화와 침잠이 찾아온다. 좋은 낱말들을 검색하고 찾아다니자.

호모 미스테이쿠스

　실수했을 때는 빨리 실망을 최소화하고 창의적으로 빠져나올 대책을 강구해야 한다. 그러려면 우선 실수라는 자체를 한 번도 해서는 안 되는 무엇을 한 것처럼 생각하는 습관을 없애야 한다. 사람이란 '실수하는 인간^{호모 미스테이쿠스}'이라는 점을 항상 되새기며 생활해야 한다.

　실수는 언제 어디서나 발생한다. 생활의 일부라고 생각해야 한다. 실수는 매일 매 순간 생긴다. 그때마다 계속 자책하고 실망한다면 삶이 얼마나 고단하겠는가. 실수는 일상의 일부라는 생각을 하고 있어야만 실수가 생겼을 때 실망을 극도로 줄이고 빠른 속도로 회복할 수 있다.

　다음 단계로, 그 실수를 어떻게 교묘하고 기발하게 해결할 것인지에 집중하여야 한다. 이것이 실수하는 인간이 실수에 대해 갖고 있어야 할 매뉴얼이다. 실수는 괴롭다. 그렇지만 조금만 괴로워야 한다. 왜냐하면 우리가 인간인 이상 실수는 숙명이기 때문이다. 우리는 우리의 숙명에 대해 왈가왈부해서는 안 된다. 숙명은 받아들이는 것이지, 저항하는 것이 아니다.

실수는 인간 상사(常事)다.

_ 세네카

25

재수 없는 일 때문에 더 좋은 일이 생긴다

웬수같은 일이 벌어져서 그 일을 원망하고 저주했는데, 그
것 때문에 더 기막히게 좋은 일이 생기는 것이 인생이다. 아주
오묘하고 괴상망측한 게 인생이다. 때로는 갈피를 잡을 수 없
이 상황이 돌아가기도 한다. 그래도 새옹지마로 돌아가는 일들
이 있다는 게 우리의 희망이다. 삶 자체가 스트레스를 받고 힘
든 것이지만 모두 희망을 가져야 한다. 새옹지마의 희망을.

인생의 화禍와 복福은 알 수 없으니 매사에 일희일비하지 말
라. 나쁜 일도 있을 수 있지만, 좋은 일도 있을지 모른다. 우리
가 기댈 데는 희망이다. 안 좋은 일 때문에 생기는 더 좋은 일
에 대한 희망.

삶에 매몰되지 말라

'삶에서 헤어 나오지 못한다.'라든가 '삶에서 허우적댄다.'라는 말을 들어 본 적이 있을 것이다. 마치 물속에서 나오지 못하고 허우적대는 것처럼 사는 것을 말하는 것이리라. 이 말 속에 함축된 의미는, 생활에 변화를 주지 못하면 아무런 변화 없이 계속 지속되는 특성을 갖고 있다는 말이다. 동물들의 삶과 인간의 삶이 다른 것은 계속 똑같은 생활을 유지하지 않고 다른 가치를 지향하는 '인간의 시간'에 있기 때문이 아닌가 한다. 삶에 가치를 부여하려면 생활이 달라야 하고, 인생이 달라야 한다. 허우적대거나 헤어 나오지 못하는 그런 시간들 말고 자유롭게 유영하는 그런 생활을 꿈꾸며 이루어내려고 노력하는 삶이 가치 있는 삶이다.

27

나쁜 꿈과 생활 사이에는
아무 관계가 없다

가장 좋은 꿈은 내가 상상하는 아름다운 미래이지 꿈속에서 꾸는 길몽이 아니다. 오늘 꾼 꿈이 뒤숭숭하다거나 불길하다고 해서 실망스러운 마음으로 하루를 시작할 필요는 없다. 꿈은 꿈일 뿐 현실도 미래도 아닌, 그저 신빙성이 없는 무의식의 공간이다. 많은 꿈을 꾸어보았지만, 좋은 꿈을 꾸었다고 잘되는 일이 있는 것도 아니고, 나쁜 꿈을 꾸었다고 잘못되는 일이 벌어지는 것도 아니었다. 지난밤의 뒤숭숭한 꿈을 가지고 눈앞의 현실을 걱정하거나 예견하지 말고, 그 시간에 내가 즐겁고 아름답게 상상할 수 있는 이미지나 미래를 떠올려보는 게 훨씬 효율적이고 소득 있는 일일 것이다. 나쁜 꿈의 반대는 '사는 건 어떻게든 결국 해결된다.'는 마음가짐이다.

28

다 하기 나름

다 자기 하기 나름이고, 생각하기 나름이다. 행복도, 위기도, 성공도, 위기극복도 자기가 하기에 따라서 방향이 정해지고, 자기가 생각하기에 따라 마음자세가 정해진다.

자기의 생각이 우울하고 부정적이면 일이 뜻대로 될 수 없고, 자기가 방향을 긍정적으로 틀면 긍정적이고 건설적인 방향으로 나아가게 된다. 같은 일이라도 자기가 어떻게 다루느냐에 따라 일이 달라지는 것이다. 자기가 어떻게 보느냐에 따라 일과 세상이 달라진다는 것은 세상의 여러 일과 상황을 자기에게 맞게 자기가 어떻게든 변화시킬 수 있다는 의미이다. 살다 보면 쉼 없이 크고 작은 일이 계속 터지게 된다. 이럴 때 가장 필요한 건 나의 굳건한 자세이다. 내 나름대로 굳건하게 긍정적인 신념으로 밀고 나가면, 언젠가는 자신의 방향과 목표에 맞는 좋은 결과가 나온다.

술에 관하여

건강을 생각하다 보면 즐길 게 많지 않다. 술도 그 중 한 가지인데, 마셔야 하나 마시지 말아야 하나 고민이 된다. 대체로 담배보다는 술에 관대한 편이지만 술이 건강에 좋을 리는 없다. 적당한 음주는 건강에 도움이 된다고 하는데, 권장용량은 사실상 금주를 하라는 말이나 마찬가지다. 과연 술을 마시는 사람 중에 실상에 맞지 않는 권고 음주량을 정말 실천하고 있는 사람이 몇이나 있을까. 그렇다면 어떤 권고가 실정에 맞는 음주 권고일까? 이렇게 말하는 것이 더 나을지 모른다.

'술을 끊을 자신이 없고, 가끔씩이라도 즐기고 싶은 사람은 몸이 약간 축나더라도 즐거움을 위해서 음주를 하라. 즐거움을 위해 몸이 좀 손해 보는 것은 피할 수 없는 것이며, 즐거움이라는 것의 본질이 원래 그렇다.'

세상의 즐거움 중에 건강에 좋은 즐거움은 그렇게 많지 않다. 그렇다고 해서 건강에 안 좋은 즐거움은 모두 금지해야 한다고 말할 수도 없다. 즐거움을 조금 더 하는 쪽으로 살 것인지, 아니면 철저하게 건강 위주로만 살 것인지를 각자가 결정해서 음주량을 조절해야 하는 게 답이다.

30

걱정 끄고 살기

걱정하지 말라. 알고 보면 이상하게 안 살다간 사람은 거의 없다. 아무리 위대한 사람이라 할지라도 훗날 괴상한 습관이나 행동을 했던 게 드러나는 경우가 많다. 모든 이상한 행동과 습관을 깨끗이 소거한 상태로 인물을 그리게 되면, 모두가 빈틈 하나 없는 '위인'으로 여겨진다. 이것은 일반 대중들에게 진실을 호도하는 것이다.

이상하게 안 살다간 위인은 없다. 평범한 사람들이 위인 강박을 가지고 사는 건 정말 우스꽝스러운 일이다. 평범한 사람들의 평범한 생활의 강점은 위인이 아니기 때문에 보여줘야 할 엄청난 책임이 없다는 점이다. 평범한 사람들이여! 더 이상 세상살이를 압박감 갖고 살지 말기를. 알고 보면 제대로 된 사람은 거의 없다. 괜한 부담감이나 책임감은 떨쳐 버리고 아무쪼록 자유를 향유하면서 인생을 살아가시라.

마음 비우기의 달인

실제 일이 터졌을 때 마음을 비우기란 그리 쉽지 않다. 위기가 닥쳐서 갈팡질팡하고 우왕좌왕하고 정신을 차릴 수가 없을 때, 마음의 평정을 유지하려면 마음을 비워야 한다. 이럴 때를 대비해서 평소에 어떤 작은 일들이 벌어지면 연습이라고 생각하고 마음을 비우는 훈련을 해두어야 한다. 그래야만 진짜 큰 일이 벌어졌을 때 마음이 흔들리지 않게 된다. 작은 일에서 연마해서 마음 비우기의 달인으로 거듭나야 한다.

비싸지 않게도 살 수 있는 행복

물건 하나 잘 사면 대박 행복이다. 작고 비싸지 않아도 자신의 생활을 편하게 해주고 마음을 흡족하게 해주면 그게 바로 행복물건이고, 그 물건을 발견하는 순간 대박 행복이 떨어진다. 바라볼 때마다, 쓸 때마다 만족스럽다면 그 물건이야말로 행복에 기여한 귀중한 물건이 되는 것이다. 바로 '찾아라, 찾을 것이요, 구하라, 구할 것이니라.'에 해당되는 경우다. 무엇인가 자신을 행복하게 만드는 물건이 있을 수 있다고 생각하고 하루 또는 1주일을 보내는 그 시간이 행복을 추구하는 시간이요, 그 자체로 행복을 누리는 시간이다.

종이를 농락하다

좋은 종이란 얼마나 큰 행복감을 주는가. 좋은 종이는 마치 좋은 푹신한 침구 같다. 좋은 침구가 단잠을 이루게 해서 행복감을 주는 엄청난 행복도구인 것처럼, 좋은 종이 또한 멋진 행복소품이다. 좋은 종이는 고급침구이며, 관대하고 이해심 많고 푸근한 사람과도 같다. 좋은 종이를 만지는 것도, 좋은 종이에 글을 쓰는 것도 좋은 침구를 덮고 자는 것처럼 행복한 일이다. 좋은 종이가 펜과 마찰되어 글자가 써나가는 순간 문장에도 행복감이 넘치지만, 종이와 마찰되는 순간에도 좋은 종이를 마음대로 유희하고 농락하는 쾌감이 발생한다. 좋은 종이는 보기만 해도 설레고, 글을 쓰는 상상만 해도 기쁨이 배어 나오는 그런 물건인 것 같다.

34

위인들보다 실속 있는 삶

일부 극소수의 사람들만이 인생을 행복하게 살아간다고 한다. 이 말에 동의한다. 행복뿐만이 아니라 일부 극소수의 사람들만이 부자로서 살아간다. 일부 극소수의 부부들만이 잉꼬부부로 살다가 가며, 일부 극소수의 남녀들만이 불같은 사랑을 제대로 나누고 경험한다. 일부 극소수의 사람들만이 감동스런 우정을 나누고 살다 간다.

이렇게 우리가 달콤하게 생각하는 단어 혹은 관념들이라는 것은 대개 많은 사람들이 누리지 못하는 것들이다. 그럼에도 불구하고 많은 사람들이 노력과 행운으로 그것에 다가가려 애를 쓴다. 거의 불가능함에도. 우리는 이런 달콤한 상태가 매우 이루기 어려운 경지라는 사실을 인식하고 살아야 한다. 그렇지 않으면 우리는 그런 단어들이 쉽게 이루어질 수 있는 것이라고 여김으로써 불가능한 노력을 많이 하게 된다.

그렇다면 과연 우리는 이러한 달콤한 단어들을 어떻게 우리의 삶 안에서 목표로서 자기매김 해야 할까? 그것에 대한 답은 '적절히 하는 것'이다. 즉, 사랑과 행복, 부와 잉꼬부부애, 우정에 대한 목표를 적절하게 설정해야 한다. 그렇게 함으로써 우리는 그리 뜨겁지 않은 사랑, 적당한 부부애, 왔다 갔다 하는 우정, 항상 이루어지지 않는 부에 대한 열망 등에 대하여 적절한 만족을 이룰 수 있을 것이다.

우리는 다다를 수 없는 목표인데도 세상을 살면서 많은 이야기를 듣다 보니, 마치 우리가 닿을 수 있는 곳에 존재하는 것처럼 착각 속에서 헤어나지 못하고 있다. 그리하여 일생을 사막에서 신기루를 찾으며 헤매다가 삶을 마감하게 된다. 헛된 것은 빨리 알아차리고 버려야 한다. 헛된 목표는 여기저기 널려있다. 홀가분하게 사는 것이 행복이다. 홀가분하게 살려면 이루지 못할 목표부터 자기 자신에게서 제거해야 한다. 그것이 위인들이나 세상이 결코 알려주지 않는 실속 있게 사는 지혜이다.

작은 것에서 큰 것을 깨닫다

일상 속에서 깨닫고 일상에서 부딪히는 작은 사건, 작은 것에서 깨달음을 얻고 진리를 발견해야 한다. 일상의 나날들이 모여 인생을 이룬다. 인생의 작은 조각들이 일상인 것이다. 일상 속에 인생의 진리가 숨겨져 있고, 인생을 관장하는 우주의 철학과 진리가 일상 속 곳곳에 숨어 있다. 보통 사람들은 깨달음을 위해 굳이 산과 대자연이 필요하지 않다. 작은 것들이 나타내는 진리와 철학을 발견하려고 애써야 한다. 친구가 흘려버리는 말들, 초라한 사람이 무심코 내뱉는 말 속에도 깨달음이 있다. 산과 자연보다 먼저 일상 속에서 깨달음과 수양이 이루어져야 한다. 진리란 멀고 높고 깊은 곳에만 있는 것이 아니다. 가깝고 낮고 얕은 곳에서도 발견된다. 일상의 작은 사건, 작은 목소리에도 어떤 메시지가 있고, 무슨 뜻을 내포하고 있는지 항상 살펴보자. 일상이 매력적일 것이다.

꼰대는 경쟁을 좋아해

서구 선진국에서 뉴스와 책을 통해 들려오는 주된 낱말키워드들은 도전, 기회, 모험, 창의, 팀워크, 삶을 즐김 등이다. 이에 비해 우리 사회에는 경쟁, 학원, 사교육, 입시, 고시, 정치권력, 동문회, 고향, 눈치, 빽, 아빠찬스 등등의 단어들이 많이 떠돌아다닌다. 이런 단어들은 슬프게도 우리 사회의 발전에 크게 기여하는 단어들이 아니다

금방은 힘들겠지만, 우리 슬기로운 꼰대들부터 이런 단어를 쓸 일이 없게 경쟁과 욕심을 버리는 작업을 해야 한다. 구체적으로는 할아버지, 할머니로서 손자·손녀들에게 앞장서서 경쟁을 부추기고, 사교육을 장려하지는 말았으면 한다. 어려운 주문일까? 아니면 너무 이상적인 주문일까?

없어도 되는 것들은 빨리 버리자

　나이 들면서 작은 것, 쓸데없는 것, 사소한 것을 철저히 가려내서 제거해야 한다. 이렇게 단순화시켜야 살기가 편해진다. 잘 살펴보면 사소한 것들이 얼마나 우리의 정신을 괴롭히고, 헷갈리게 하며 중심을 흩트려서 나아갈 길에 집중하지 못하게 하는지 알 수 있다. 작은 것을 제거하면 사소한 것에 매달리지 않음으로써 생활을 깔끔하게 단순화시킬 수 있다. 살다 보면 작은 것이란 사실 없어도 된다.

　인생유전이라, 운명이라는 큰 흐름을 타고 떠내려가는 것이 인생이다. 작은 것들에 매달려서 용쓴다고 안 떠내려가는 게 아니다. 어차피 떠내려가는 인생인데, 이왕이면 여유 있게 즐기면서 떠내려가자. 발버둥을 치며 떠내려가는 것은 품위 있는 인생이 아니다. 없어도 되는 것들을 빨리 없애는 것, 그것이 인생유전에 몸을 맡기고 살아가는 원숙한 슬콘 생활로 가는 첫 걸음이다.

38

덕담이 치유다

　덕담이야말로 세레이자 인생의 피로에 대한 해독제이며, 날카롭게 곤두서 있는 신경에 대한 이완제이다. 오랜 시간 인생의 우여곡절과 고통과 피로에 절어 있는 친구들이나 꼰대들에게 덕담으로 시원한 위로의 목욕을 시켜 주라. 소위 '영혼'이란 것이 없어도 된다. 덕담이 꼭 진지해야만 하는 건 아니다. 유머가 없고 재미없는 사람도 덕담을 많이 하면 누구나 좋아한다. 술집에서 나이 든 친구들끼리 서로 싸우는 광경을 흔히 보게 된다. 알고 보면 덕담이 부족해서 생기는 일이다. 친구들끼리 대화하면서 이것저것 잘못하고 실수한 것, 부족한 것, 섭섭한 것만 들춰내게 되면 아무리 오래된 죽마고우라도 싸우게 된다. 나이 들어갈수록 각자의 인생에 '좋은 평가'를 받고 싶어 한다. 실수로 얼룩진 인생일지라도, 자신의 작은 업적?일망정 이룬 성과에 보상을 받거나 칭찬을 듣고 싶어 한다. 이런 본능을 무시하고 덕담은커녕 비난만 하려 든다면 싸움으로 끝날 수밖에 없다. 그러니 누구를 만났을 때 함부로 남의 과거와 인생을 들춰내서 평가하고 비판하지 말라.

좋은 관계를 오래도록 유지하고 싶으면 덕담이 필수이다. 덕담이야말로 상대를 존중해주는 생활 속에서 하는 보시이며, 친구에 대한 격려의 박수다. 싸움은 얼마나 사람을 피곤하게 하고, 늙은 몸과 마음에 얼마나 큰 상처를 주며 우정을 퇴보시키는가. 슬콘이라면 몸과 마음의 건강을 위해서라고 비판보다는 덕담을 선택·개발하여 말로 보시하고, 말로 치유의 세례를 한다. 덕담을 창의적으로 개발하고 즐겨야 한다. 덕담도 창조다.

39
긍정이 신앙이다

긍정 아닌 게 어딘들 있고, 즐겁지 않은 게 어딘들 있지 않겠는가. 나쁜 일이 있다 해도 반전의 기쁨이 있고, 좌절이 있다 해도 희망이 있지 않은가. 인생이란 새옹지마의 맛으로 사는 것 이다. 반전의 반전을 거듭하는 게 인생의 관전 포인트다. 하루가 지나기 무섭게 여기저기서 터지는 사건과 고민되는 일이 셀 수 없이 많지만 긍정적으로 살자. 되는 일이 없고 편한 날이 없어도 희망을 갖고 더 불행에 빠진 사람들도 생각하면서 스스로 위로해주고 아끼면서 살자. 고민거리가 많아도 죽는 날까지 긍정과 웃음을 잃지 말고 살자. 결국 죽을 인생, 고민만 하다가 죽으면 억울하지 않은가. 고민거리가 많아도 긍정적으로 바라보고 살다 가자. 그래야 억울하지 않게 죽을 수 있지 않겠는가. 긍정적인 생활이야말로 모든 독서와 성찰과 믿음의 종착점이다. 한 번뿐인 삶을 보람 있게 보내는 건 매일 매일의 작은 조각들인 순간들을 긍정적인 마인드로 채우고 모색하는 것이다.

40

정약용의 메모철학

순간의 단상을 놓치지 말고 기록하라. 순간적으로 느끼고 깨닫는 것들이 있다. 그것들을 놓치지 않고 메모해서 기록하는 게 기술이다. 그것들은 인생 성찰의 보석이요, 보물이다. 그러나 그 보석들은 금방 얼마 지나지 않아 잊게 되고, 그 시간이 지나가 버리면 생각하려 해도 생각나지 않게 된다. 그 귀중한 깨달음과 단상들과 아이디어가 번쩍 떠오를 때 바로 기록하는 습관이 중요하다. 나중에 귀중한 깨달음의 노트, 아이디어의 창고로 쓸 수 있게 된다.

작가만 메모하는 게 아니라 우리 일반 사람들도 순간 포착된 여러 단상과 아이디어들을 모아서 축적해 놓는 습관을 기르는 게 중요하다. 제대로 된 문장과 글의 틀을 만들려면 처음부터 시작하기가 부담스러우니, 그냥 생각나는 순간 포착대로 간결한 문장으로 만들어 저장해 놓으면 된다. 그러면 부담 없이 수많은 순간 포착들을 포집할 수 있다.

자신의 문장은 보물이요, 재산이다. 자신의 문장을 수집하고 축적하라. 글을 만들려 하지 말고 문장을 많이 만들려고 노력하라. 글의 압박에 지쳐 나가떨어지지 말고 자신만의 문장을 자신만의 창고 속에 차곡차곡 쌓아 놓아라. 그게 쌓이면 저절로 글이 된다. 사소한 것도 기록하라. 자신의 문장이 얼마나 귀엽고 소중한 것인지를 알게 될 것이다.

〈정약용의 메모철학〉

(1) 책을 읽을 때 왜 읽는지부터 세우고, 눈으로 읽지 말고 손으로 읽어라. 부지런히 필요한 부분을 쓰고 기록해야 생각이 튼실해지고 주견이 확립된다. 그때그때 적어두지 않으면 기억에서 사라진다. 당시에는 요긴하다 싶었는데, 다시 찾

을 수가 없게 된다.

(2) 늘 고민하고, 곁에 필기도구를 놔둔 채 깨달음이 있다면 반드시 기록하라.

(3) 기억을 믿지 말고 손을 믿어 부지런히 메모하라. 메모는 생각의 실마리이다. 메모가 있어야 기억이 복원된다. 습관처럼 쓰고 본능처럼 기록하라.

(4) 평소 관심 있는 사물이나 일에 대해 세세히 관찰해 기록하고 거기에 의미를 부여하라.

(5) 메모 중에서 쭉정이는 솎아내고 알맹이를 추려 계통별로 분류하라. 현실에 응용하라. 속된 일에도 의미를 부여하고 자신이 정리한 지식 체계와 연관시켜라.

행복전문가

행복도 전문가가 되어야 쟁취할 수 있다. 행복만 연구하고, 행복에 집착하고, 행복에 생애를 걸어야 행복전문가가 된다. 행복전문가가 되지 않고는 행복을 이루기 어렵다.

삶에 매몰되는 생활을 하면서 여분의 시간에 행복을 추구하는 것으로는 행복한 생활에 이를 수 없다. 행복도 결단이 필요하다. 결단하고 차고 나갈 때 행복이 찾아오는 것이다. 관성이 되어 버린 생활에 충격을 주어야 빠져나올 수 있으며, 그런 사람만이 행복할 수 있다. 생활습관의 관성과 행복의 결단은 서로 반대되는 말이다. 행복전문가는 항상 행복한 시간을 기획하며, 자신이 창조한 '행복현장'을 확인하고 그 실제 모습을 즐기는 일을 반복하는 것에 지치지 않는다.

42

정리하고 계획하라

인생은 끊임없는 정리요, 계획이자 전략이요, 선택이다. 마음과 행복을 정리하고, 행복을 계획하며 자신의 희망을 정리하고, 자신의 작은 업적이라도 계획하고, 전반적인 삶의 모습을 계획하고, 분수에 맞는 전략을 짜는 것이 인생이다. 매일 매 순간이 정리하고 계획하는 시간이요, 쓸데없는 것을 언제 버릴 것인가를 계획하는 시간이다. 그러나 모든 정리와 계획은 자신의 한계 범위 안에서 행해져야 하며, 자신의 한계 또한 끊임없이 재설정되어야 한다.

43

물건이 행복이다

　물건이 행복이다. 지하철에서 어느 노인 분이 파는 가죽장갑을 산 적이 있다. 얼마나 따뜻하고 가성비가 좋은지 겨울에 그 장갑을 끼면 얼마나 행복감을 느끼는지 모른다. 너무 좋아서 두 개를 더 사놓고 번갈아 꼈는데, 어느 날 선물로 그 장갑을 더 사려고 했으나 그 노인 분은 보이지 않았다. 아마도 지하철 상행위 단속에 더 이상 나올 수 없었던 것 같다. 그렇지만 그분이 팔았던 가죽장갑과 그 좋은 장갑을 만든 어느 중소기업 직원들에게 항상 감사하는 마음을 가지면서 가죽장갑을 끼고 다닌다. 그분들은 어떤 사람이 그 장갑을 끼고 겨울마다 행복해하는지 모를 것이다. 그러나 그분들이 모르는 나는 항상 감사하고 다닌다. 하나의 사소한 물건도 사람을 얼마나 행복하게 해주는가. 그리고 그 물건은 알지도 보지도 못하는 사람과 보이지 않는 고마움과 보시의 끈이 연결되는 것이다. 물건 속에 행복이 있고, 물건을 통해 사람들이 연결된다는 신비로운 사실을 깨닫게 된다.

44

우정 정밀분석가를 구함

우정에도 종류가 있다. 막연히 우정이란 말로 뭉뚱그려 언급할 수 없는 경우가 많다. 말하자면 우정의 종류라는 것도 매우 친한 사이, 중간 정도로 친한 사이, 덜 친한 사이, 또 자주 생활이 섞이는 우정을 좋아하는 사람, 중간 정도로 섞이는 게 좋은 사람, 겉돈다는 평을 들어도 생활은 되도록 안 섞이는 사람 등등 여러 유형이 있다. 이런 여러 유형에 따라 각자의 독특한 우정이 만들어지는데 이것은 자연스러운 현상이다.

죽마고우의 우정을 최고로 치는 경향이 있지만 그것은 아니라고 본다. 죽마고우가 우정의 최고 경지라고 생각하기에는 너무나 다양한 사람들과 그 사람들이 만들어 내는 다양한 우정이 있기 때문이다.

서로 매우 친하지만 지적인 교류는 하지 않는 우정도 있고, 서로 생활이 섞이지 않지만 항상 서로를 그리워하고 존경하는 우정도 있다. 또 자주 만나지 않지만, 지적인 교류가 매우 진지해서 서로 그 진지함에 매료되는 그런 우정도 있다. 싸움과 충돌 끝에 얻어진 이해 가득한 우정도 있다.

그런데 이런 다양한 친구들과의 우정과 교류에 관해 분석한 책은 거의 없는 것 같다. 우정은 모두가 자신 있어 하는 분야인 것처럼 보이는데, 연구가 아직 덜 되지 않았나?

45

슬픔을 문장으로

분노도, 슬픔도, 혼란스러움도 모두 문장으로 풀어야 한다. 글로 정리해서 성찰하라. 문장으로 간략하게 되지 않는 것과 해야 하는 것들을 요약해서 정리하라. 혼란스러움의 정확한 핵심을 찾고, 성찰을 명료하게 하는 데 도움이 될 것이다. 모든 것은 요약이다. 세상은 광활하고, 상황은 복잡하고, 우리의 내면은 깊은 심연이다. 이 광활하고, 복잡하고, 깊은 것들을 어떻게 최소한으로 요약하느냐가 세상을 편히 살 수 있는 관건이다. 간단하고 단순하게 요약해야 한다. 이 요약에 가장 효과적인 것이 문장이다. 괴로움과 혼란스러움을 문자로 써라.

46

과거 망각 훈련

전통을 정리한다는 건 매우 어려운 일이다. 우리는 옛 물건을 정리할 때 느낄 수 있다. 평소 과거의 추억이 깃들어 있고 애착이 가는 물건을 버려야 정리가 되는데, 이때 버리지 못하고 그대로 간직하게 되는 경우가 많다. 과거를 버리는 것이 전통을 정리하는 것인데, 어떤 경우는 과거를 버리는 게 뼈를 깎는 아픔이 될 수도 있으니 말이다. 단발령에 저항했던 사람들도 이해가 가는 면이 있다. 부모가 물려준 머리카락을 훼손하면 부모에 대한 효孝가 아니라는 유교사상에 입각해 단발을 못 했을 것이다. 여기서 중요한 것은 머리카락에 큰 의미를 담으면 생명이 되어버려 머리카락을 못 자른다. 과거를 정리하려면 이 생명과 의미를 불어넣은 관념부터 없애야 한다. 과거에 지나치게 생명을 불어넣어 버리면 절대 미래로 전진하지 못한다. 과거는 지나가 버린 것인 만큼 생명의 불도 꺼야 한다. 수구가 미래로 가는 데 방해가 되는 이유는 과거의 전통적인 방식에 대해 생명을 불어넣고 있는 관념 때문이 아닌가 한다. 미래지향적이라는 건 과감한 과거와의 결별을 의미하며, 그리 쉬운 일이 아니다. 미래지향적이 되려면 과거를 잊는 습관이 먼저 선행되어야 하지 않을까 한다.

47
마음을 가라앉히는 문장들

(1) 다 운명이다. 서두르지 말고 용쓰지 마라. 인생이란 자기도 모르게 자신의 운명을 따라가는 여행이다.

(2) 인간관계가 원만해야 마음이 평화롭다. 원만한 인간관계의 중심은 칭찬이다. 항상 상대에게 칭찬할 게 무엇인지 생각하고 칭찬하라.

(3) 일상의 곳곳에 기쁨과 행복감의 지뢰밭을 설치해 놓아라.

(4) 모든 것은 게릴라전이다. 치고 빠지는 거다. 긴장과 이완,

일과 휴식, 목표와 행복, 고뇌와 평안...

한군데 발을 오래 담그고 있지 말라. 죽을 때까지 이 양극단은 계속될 것이다. 이 끊임없는 딜레마 위에서 부단히 선택하는 과정이 인생이다.

(5) 인생이란 잘 풀리지 않든가, 저절로 풀리든가, 두 가지 중 하나다.

48

늙은 인생

쾌적하고 여유로운 노후란 목표와 숙제에 얽매였던 인생 전반부 생활의 중단을 선언하고 새로운 설계와 가치관을 통해 그동안의 인생과는 전혀 다른 삶을 창조하는 시간이다. 노후에 아직도 숙제 같은 삶을 사는 것은 노후가 아니라 늙은 인생이다.

49

유체탈출법

실패하거나 안 좋은 일이 생기면 가끔씩 유체 탈출해서 자신을 밖에서 바라보라. 그러면서 모든 일이 신기하고, 어떻게 보면 재미있고 웃긴다고 생각하며 사는 거다. 불행도, 실수도 이런 식으로 소화해내는 준비를 평소에 하자. '실수한 나'보다 '자책하는 나'가 더 한심하다. 과거의 실수는 빨리 잊고 미래의 비전과 계획에 집중하라. 일정 시간 살다가 죽음으로 우습게 끝나버리는 게 인생인 만큼, 이 부질없는 인생에서 만나는 모든 불행과 실패를 우스꽝스런 사건으로 여기고 유유자적하며 살자. 모든 불행도, 실패도, 실수도 유구한 세월 속에 다 잊히고 묻혀버린다. 거대하고 도도하게 흐르는 시간은 모든 것들을 삼키고 묻어버린다. 그 도도한 흐름에 미물인 나의 작은 불행과 실패와 실수를 떠내버리고 홀가분하게 사는 거다. 이게 유유자적한 인생이다. 이 유유자적의 경지로 가야 한다. 그곳이 매일매일 우리가 가야 할 쉼터다. 매일매일 마음속에 이 쉼터를 마련하는 것, 그것이 유유자적한 인생이요, 쉼이 있는 인생이다.

일상을 파티로

일상에서의 파티란 음식 파티만이 아니라 덕담 파티이고, 희망 파티이고, 서로를 격려하는 파티이며, 서로에게 즐거움을 나누어주는 기부 파티다. 이 파티를 적절히 만들어주면 일상이 행복하고, 인생이 행복해진다. 일상을 파티의 연속으로 만들어 주면 인생이 파티의 연속으로 된다. 이 파티라는 의미는 단순한 외식이나 술자리가 아니라 서로에게 격려와 희망과 즐거움이 나누어지는 기부 파티라는 의미다. 이런 의미 있는 파티를 만들려면 생각이 '기부와 줌'으로 충만해야 하며, 재미있는 창의로 가득 차야 한다. 무엇인가 상대방에게 주려고 하고 재미있게 이벤트를 만들려고 하는 기부와 창의의 정신이 일상을 다채롭게 만들어갈 수 있다. 작은 파티를 많이 열어야 인생의 근간인 일상이 재미있게 만들어진다. 일상을 '파티롭게' 생각하는 것, 그것이 즐거운 인생의 시작이다.

IT 소외계층

　노인생활의 어려움이란, 노인의 몸이지만 젊을 때와 다름없이 바깥세상에 노출되어 살아가며, 예전처럼 노인공경이 많지 않은 상황에서 젊은 사람들과 동등하고 평등?하게 대접받고 살아가야 하는 데 비해, 그들이 가지고 있는 자원이 매우 빈약하다는 점이 문제다. 예를 들면, 거리에서 택시를 잡으려고 손을 흔드는 노인을 보면 알 수 있다. 젊은 사람들은 모바일로 택시를 예약하여 앉은 자리에서 택시를 타고 가지만, 노인들은 큰 거리로 나와서 택시를 잡아야 하는 것이다. 그러나 이미 택시들은 대부분 모바일로 예약되어 있어서 노인들이 예전처럼 손을 흔들어 타고 갈 수 있는 택시는 드물다. 이젠 병원을 가도 모두 키오스크를 활용하여 접수도 하고 수납도 하게 되는데, 노인들은 매우 취약할 수밖에 없다. 문제는 아픈 몸을 이끌고 이런 작업들을 해야 한다는 것이고, 세상의 많은 서비스들이 모바일이나 인터넷 위주로 영업하고 서비스해 주기 때문에 노인들은 이런 서비스에서 소외되어 있어도 아무도 노인특화서비스를 내놓고 있지 않은 추세인 것이다. 'IT 소외'가 대표적인 '노인공경'이 무시되고 있는 분야라고 볼 수 있다. 어쨌든 노인들이 갖고 있는 자원은 빈약한 가운데 노인 혼자서 세파를 헤쳐 나가야 하는 것이다. 세상이 '그래서 어쩌라고?' 하고 있지만, 그래도 어쩌겠는가. 노인은 노인대로 살 궁리를 해서 나머지 삶을 훌륭히 수행해 나가야 하지 않겠는가. 오늘도 폐지를 리어커에 가득 싣고 땀을 뻘뻘 흘리면서 오늘과 세상을 밀어내고 가는 곳곳의 힘찬 노인들의 패기를 본받아 우리 꼰대들도 우리의 리어커를 묵묵히 끌고 가야 하지 않겠는가.

52
지뢰 밟고 죽지 않았으면 대성공

세상에 위험하지 않은 게 하나도 없다. 세상은 온통 지뢰밭이다. 위험한 지뢰밭을 헤치고 죽기 전까지 온전하게 몸 추스르고 살면 대성공이다. 온갖 위험으로 가득 찬 세상이 아닌가. 자존감의 출발은 인생이란 위험하고 고난도의 모험 여정에서 생존 그 자체로서도 스스로 대견한 일이다는 것에서 시작해야 한다. 인생이라는 게 많은 사람들이 이 위험한 여정에서 탈락

하고 몰락하는 아수라장의 전쟁터가 아니던가. 살면서 생존의
의미를 확인하고 자존감의 발판으로 삼아야 한다. 이것이 어떤
철학보다도 중요한 멘탈이다.

산다는 것 그것은 치열한 전투다.

_ 로맹 롤랑(1866-1944)

53

단 한 번 살고 소멸된다

　인생은 단 한 번 사는 것. 죽음은 언제 닥칠지 모른다. 지
금 이 시간은 다시 오지 않으며, 삶은 결코 반복되지 않는다.
현재 지금의 시간은 앞으로 내가 살 수 있는 시간 중 가장 젊
은 시절이다. 자연과 세상은 순환하지만, 인간의 생명은 결코
순환하지 않는다. 과거가 쌓여 그 과거가 지금 나의 뇌에 저장
되듯이, 죽은 후에도 과거가 쌓여서 어디에 저장이 되는 것이
아니다. 나의 과거의 데이터는 내가 죽음으로써 모두 사라진다.

모든 기억들은 소멸된다. 그 기억들이 소멸된다는 점에서 사는 것은 일종의 거대한 꿈과 같은 것이다. 통증과 기쁨을 느끼는 게 좀 더 선명하고 오래간다는 것뿐이지, 우리가 자면서 꾸는 꿈과 다를 게 별로 없다. 모두가 결국 소멸되는 데이터일 뿐이다. 사물이 소멸되는 것과 죽는 것과는 전혀 다른 점이 없다. 물건이든 생물이든 모든 소멸되어 가는 것들을 자세히 관찰하면 자신이라는 소멸예정 존재에 대해 뚜렷하게 인식할 수 있다. 따라서 다가올 미래에 자신이 어떻게 잘못될까 봐 두려워하지 말라. 어차피 순식간에 고통과 실패의 시간은 지나가 버리고 육체와 함께 모두 소멸될 것이다. 시간이 지나가면 모두 사라지고 소멸될 것이다. 자신이 필연적으로 소멸되는 존재임을 진정으로 인식할 때 비로소 마음비움이 얻어지는 것이다. 소멸인식이 마음비움의 원천이다. 시간이 지나면 모든 것은 결국 소멸된다. 소멸이 진리다.

54

빈 노트에 무엇을 그려야 하나

사는 건 그림을 그리고 가는 것이다. 자신은 없어져도 자신의 발자취는 없어지지 않는다. 누가 그 발자취를 찾지 않고 모른다 해서 발자취가 없어지는 게 아니다. 인생에서 영원한 '먹튀'는 없다. 자신의 그림에 열중하는 모습이 아름다운 것이다. 어떤 그림을 그릴 것인가 고뇌하는 아름다움이 인생의 미학이다. 인생은 각자 새로운 그림을 그리고 가는 것이다. 완성된 그림도 있고, 미완성인 그림도 있고, 괴상망칙한 그림도 있을 수 있다. 각자의 그림 모두 칭찬받아 마땅하다. 그러나 남에게 피해를 주는 그림은 안 된다. 남에게 피해를 주지 않는 선에서 예쁘고 신비롭게 그리면 된다. 크게 그리지 않아도 예쁘게만 그리면 된다. 따뜻한 그림이면 더 좋다. 따뜻한 그림을 어떻게 그릴 것인가 고민하는 아름다움으로 살다 가자.

'그런 게 어디 있어?'라고 무시하지 말고 '그런 거 있지.' 하면서 살다 가자. 누가 알아주지 않아도 자기 그림을 그리면서 가는 것-치열하면서도 아름다운 비장함이 스며있는 모습이 인생이다. 매일매일 어떤 그림으로 '하루'라는 캔버스를 채울 것인가 고민하다가 시간을 보내면 성공적인 인생이다. 알고 보면 별 것 아닌 게 인생이다. 그냥 그림으로 채우면 되는 게 인생이다. 오늘도 하루를 그려 가면서 채워보자. 누가 내 그림에 관심을 갖든 안 갖든 묵묵히 그려나가 보자. 그러다 보면 '그날'이 올 것이다. 그날이 오면 뒤돌아보며 자기의 따뜻한 그림에 빙긋이 짧게 미소 띠고 가면 되는 게 인생이다.

55

인생공간 인테리어

인테리어나 건축은 공간을 찾는 작업이다. 공간을 어떻게 절묘하게 활용하느냐에 따라 이 작업의 창조성이 구현된다. 인생도 마찬가지다. 인생도 인테리어이기 때문에 인생의 공간을 어떻게 찾아내는가가 인생창조다. 인생에는 시간의 공간도 있고 물리적 공간도 있다. 이러한 여러 공간들을 어떻게 찾아내고, 어떻게 활용할 것인지를 인테리어해야 한다. 언뜻 보면 없는 것 같은 속에서 비집고 들어가 새로운 공간을 찾아내고, 그 공간을 활용하는 것이 인생인테리어 창조다. '어디에 새로운 공간이 있을 것인가를 매일 생각하며 일상을 보내는 것-그것이 인생창조다.

안 보이는 것 같은데 헤집고 들어가면 공간이 보이는 것, 그것이 인생탐험이다. 매 순간 눈으로, 머리로 내가 추구해야 할 공간이 어디에 있는지 끊임없이 생각하는 것, 그것이 인생의 일상이다. 공간을 찾는 인생 인테리어가 충만한 인생행복이다.

56

삶의 달콤한 작은 열매 따먹기

삶의 무게가 가득히 내리누르는 숲에서 달콤한 작은 열매를 주워 먹는 게 인생의 즐거움이다. 삶의 짐을 짊어지고도 작은 즐거움을 획득하려고 애를 쓰고 사는 게 인생이다. 그리고 그 삶의 방식을 자녀에게 보여주는 게 인생이다. 자녀들은 그런 부모의 삶에서 삶의 의미를 느끼게 된다. 삶이라는 무거운 짐 속에서도 무거운 짐이 하나씩 해결되어 갈 때 작은 희열을 느끼는 게 인생이다. 괴로움이 난무하는 속에서도 작은 일상의 기쁨을 발견하고, 그것을 누리는 게 인생이다.

인생은 무엇이든지 찾는 것이다. 작은 해결책, 작은 방법, 작은 기쁨, 작은 행복, 작은 여유, 이런 것들이 살맛 나게 하는 인생의 소중한 소품들이다. 부지런히 찾고 열심히 궁리하다가 소중한 것들을 발견하게 되는 것, 그 과정 자체가 인생의 의미이다. 그렇게 하다가 시간 가는 것이 인생의 시간이다. 인생의 의미는 과정에 있다. 과정을 스토리로 만드는 것, 그것이 각자의 인생 창조다.

57

다시 살아도 별다를 게 없다면

만약 죽은 사람들이 살아남아 있는 사람들의 살아가고 있는 모습을 본다면 무어라 할까. 아마도 자기네들이 살았던 시절하고 대체적인 삶의 모습이 비슷하게 반복되는 걸 보면 실소를 금치 않을까 한다. 삶은 이렇게 전 시대와 비교하여 보다 첨단화된 산업환경은 달라졌을지 몰라도 삶의 모습은 크게 다를 게 없다. 보통이 아닌 창의적인 마인드로 살지 않는다면 전 시대의 사람들과 대체로 비슷하게 고민하고, 비슷하게 삶에 매몰되다가 삶을 끝내게 된다. 그렇다면 뭐가 전시대보다 달라야 할까? 아마도 그것은 다른 사람에게 비치는 뭔가 다른 자신의 모습일 거라고 생각한다. 그리고 그런 자신의 생활모습을 보여주는 것, 그것에 의미가 있지 않을까 한다. 자신이 남에게 양보한 일, 자신이 누구를 도와준 일, 자신이 어떤 사람들에게 의리를 보인 것, 자신이 남에게 베푼 일, 자신이 국가를 위하여 한 일, 자신이 일상을 재미있게 디자인한 것들, 자신이 누군가에게 선행을 베푼 일 등등이 바로 다음 자손들에게 보여주게 되고, 그런 행위가 의미 있는 것일 거다. 우리는 이런 일들을 하고, 이런 일들을 자손들에게 은연중에 보여줌으로써 이 삶의 시간을 풍성하고 의미 있게 만들게 되는 것이다. 삶의 남은 시간들을 어떻게 보낼 것인가를 생각하고 시간디자인을 어떻게 할까를 고민한다면 바로 이런 일들을 열거하는 중에 창의적이고 의미 있는 그런 시간들이 생성되지 않을까 한다.

58

인생은 시간확보의 기술

　노후가 되면 체력이 떨어지는 만큼 시간을 확보해야 한다. 쉴 수 있고 여유 있는 시간을 확보해야 하는 게 노년의 기술이다. 대부분 일을 그만두고 놀아보니 더 생활이 답답해졌다는 사람을 보게 되는데, 이것은 시간확보에 실패한 경우다. 시간확보란 세심하고 계획적인 디자인이 필요한 것이며, 오랜 준비와 실전연습이 요구된다. 그냥 일을 벗어던진다고 시간확보가 되는 것이 아니다. 창의적인 시간 공간과 틈새 시간들을 꾸준히 개발하는 노하우가 쌓여야 한다.

　시간확보란 시간만 널려있다고 되는 것이 아니고 무엇을 할 시간인가를 세분화하고 디자인하고 기획해야 한다. 어떨 때는 어떤 이용목적으로 활용할 시간이 준비되어야 하고, 어떤 작은 시간은 어떻게 활용할 것인가, 어떤 시간은 자신의 '병가용'으로 철저히 아무것도 하지 않는 시간으로 만들 수도 있어야 한다. 그야말로 천변만화의 창의적인 시간들을 무수히 만들어서 이것이 아니면 저것으로 활용할 수 있게 해야 한다. 많은 계획이 있어야 하며, 다양한 시간 효용성 전략이 뒷받침되어야 한다. 이렇게 노후의 시간이라는 것은 다양하게 채워져야 하고 창조되어야 한다. 수많은 시간의 테마가 달라야 하며, 다양한 시간대의 다양한 색깔의 내용으로 채워야 하는 시간들이 있다는 사실을 알고 그 시간들을 공략하는 연구를 거듭해야 한다. 그래야 제대로 된 시간확보가 나올 수 있다. 시간확보는 시간 창조다. 시간확보로 노후시간의 창조자가 될 수 있다.

발상전환과 열린 생각의 달인들

슬기로운 꼰대생활

초판인쇄	2024년 7월 25일
초판발행	2024년 7월 31일
지은이	조이안
발행인	조현수
펴낸곳	도서출판 더로드
기획	조영재
마케팅	최문섭
편집	문영윤
본사	경기도 파주시 광인사길 68, 201-4호(문발동)
물류센터	경기도 파주시 산남동 693-1
전화	031-942-5366
팩스	031-942-5368
이메일	provence70@naver.com
등록번호	제2015-000135호
등록	2015년 6월 18일

정가 16,800원
ISBN 979-11-6338-462-5 (03800)